漫畫文學經典

金銀島

改寫自史蒂文生原著小說

(只是刪減了一點點而已!)

★ ★ ★

感謝羅伯特・路易斯・史蒂文生
希望他不會介意

★ ★ ★

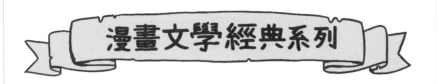

漫畫文學經典系列

金銀島

原著
羅伯特‧路易斯‧史蒂文生

改寫、繪圖
傑克‧諾爾

譯者
郭庭瑄

三民書局

圖解大帆船

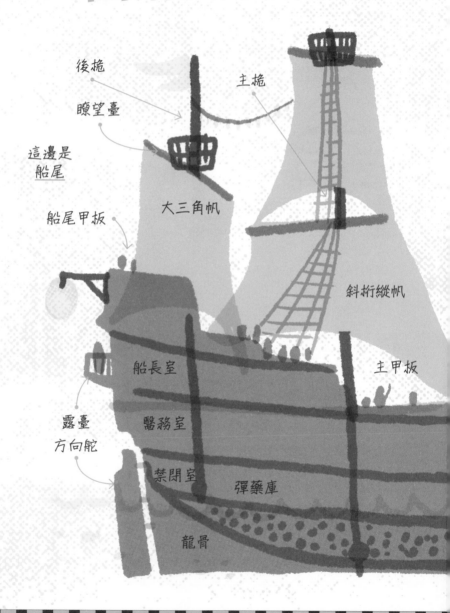

後挑

主挑

瞭望臺

這邊是
船尾

船尾甲板

大三角帆

斜桁縱帆

船長室

主甲板

露臺
方向舵

醫務室

禁閉室

彈藥庫

龍骨

總司令的
旗幟

海盜
（海上的強盜）
（也叫作海賊）

前檣

這邊是
船頭

斜桁縱帆

船首三角帆

船首斜檣

船頭甲板

船錨

船頭雕像

海水

簡單版說明

那些會隨風擺動的布叫船帆，粗粗的柱子
是檣杆。船的最高點會掛旗子，寬寬的木
製船底會沉在海水中。

我

吉姆

我的媽媽

我的家

旅店

班波將軍

海濱旅館最佳選擇！

班波將軍
旅店

提供住宿　歡迎光臨

✓無敵海景　　✓蘭姆酒　　✓豐盛早餐

姓名：

吉姆・霍金斯

年齡：

12歲

關於我：

我們家開了班波將單旅店，

我和媽媽就住在店裡。

平常我會幫她顧店，

只是客人不多，所以有時會有點無聊……

我的志願：

我要航行七大洋！

嗬吼吼！

第一章

班波將軍旅店的
老水手

我還清楚記得他的身影，
感覺好像是昨天才發生的事。
他拖著蹣跚的腳步走進旅店，
身後的手推車上擺著一個航海箱。

旅店 班波將軍

他是一個高大魁梧的男人，

皮膚晒成古銅色，雙手滿是髒汙和傷痕，黑黑的指甲有很多裂口。他臉頰上有一道軍刀留下的鉛灰色刀疤，看起來髒髒的。

軍刀
一種超酷的大彎刀

我還記得他吹著口哨，唱起一首古老的海上歌謠。這首歌他後來常常唱：

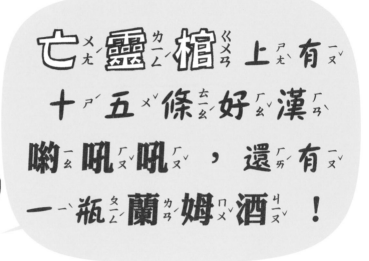

亡靈棺上有十五條好漢喲吼吼，還有一瓶蘭姆酒！

他敲敲門，跟我媽媽要了一瓶蘭姆酒。

請給我一瓶蘭姆酒！

這間酒館的位置不錯，他說。

客人多嗎？

班波將軍

媽媽回答很可惜，客人很少。

尚有空房
提供住宿・歡迎光臨

這樣啊，他說，

那我就住這吧。

你們可以叫我船長。

船長白天
都會拿著
黃銅望遠鏡
在懸崖邊閒晃，

晚上則會坐到大廳的角落，
在火爐邊喝蘭姆酒。

有一天，他把我拉到一旁，說我如果能睜大眼睛幫他留意一個「只有一條腿的水手」，他就會在每個月的一號給我一枚四便士銀幣。

尋人啟事

水手裝扮 →

← 只有一條腿

看到他 → 立刻通知船長

自此之後，「只有一條腿的水手」就一直出現在我的夢裡。每個暴風雨的夜晚，當狂風撼動屋梁，海浪怒吼著衝進海灣、拍打懸崖，我都會夢見那個人。他化身成上千種形象，露出各種邪惡的表情，連跑帶跳的跨過圍籬和水溝來追我。真的是世界上最可怕的惡夢。

　　我很怕那個獨腿水手，但對於船長本人，我反倒不像其他人那樣怕他。

船長講了很多可怕的故事，像是海盜被迫跳海、遇到海上暴風雨，還有他做過的一些瘋狂的事情。很多人都被他的故事嚇壞了。

而且他總是會突然扯開嗓門，唱起那首歌：

亡靈棺上有十五條好漢喲吼吼，還有一瓶蘭姆酒！

我猜「亡靈棺」應該就是他放在樓上房間裡的大箱子，那個從來沒有人看過他打開的航海箱……

時間來到一月，那是個寒冷又飄著雪花的清晨。船長起得比平常還早，他走向海灘，腋下夾著黃銅望遠鏡，頭上的帽子微微向後斜，掛在老舊藍色大衣下的短彎刀不停搖晃。

往海灘

我正在準備早餐。在餐桌上擺放好餐具時，大廳的門開了。一個陌生人走了進來。

他的臉色蒼白，毫無血色，

左手少了兩根手指。

雖然他腰上配著彎刀，看起來並不會凶神惡煞。

他沒有水手的氣質，但身上也帶著一股大海的味道。

我朋友比爾
等下會坐
這裡嗎？

他眼神
不善。

我說我不認識他的朋友比爾，這個座位是要留給一個房客，我們都叫他船長。

「對，」他說，「你說的船長應該就是我朋友比爾。他臉上有一道疤。他是個很親切的人，特別是喝了酒之後。好啦，我朋友比爾是在房間裡嗎？」

我的朋友 比爾 AKA. 船長

他人很好

紹興酒

臉上有刀疤

（尤其是喝醉的時候）

18

我告訴他，船長出去散步了。

「他去哪？孩子？他往哪個方向走？」他問道。

在我回答的時候，這個陌生人就在旅店裡走來走去，東張西望，像一隻等待老鼠的貓。

船長終於回來了。他用力甩上門，大步穿過大廳，看也沒看周圍一眼，逕直朝他的早餐走去。

乒！

叮鈴！

好香！

比ㄅ一ˇ爾ㄦˇ・彭ㄆㄥˊ斯ㄙ

陌ㄇㄛˋ生ㄕㄥ人ㄖㄣ開ㄎㄞ口ㄎㄡˇ道ㄉㄠˋ。

船ㄔㄨㄢˊ長ㄓㄤˇ猛ㄇㄥˇ然ㄖㄢˊ轉ㄓㄨㄢˇ身ㄕㄣ，
臉ㄌㄧㄢˇ色ㄙㄜˋ發ㄈㄚ白ㄅㄞˊ。

他ㄊㄚ嚇ㄒㄧㄚˋ到ㄉㄠˋ連ㄌㄧㄢˊ鼻ㄅㄧˊ子ㄗ都ㄉㄡ發ㄈㄚ青ㄑㄧㄥ了ㄌㄜ，表ㄅㄧㄠˇ情ㄑㄧㄥˊ
就ㄐㄧㄡˋ像ㄒㄧㄤˋ看ㄎㄢˋ到ㄉㄠˋ鬼ㄍㄨㄟˇ，看ㄎㄢˋ到ㄉㄠˋ惡ㄜˋ魔ㄇㄛˊ，或ㄏㄨㄛˋ是ㄕˋ遇ㄩˋ到ㄉㄠˋ
更ㄍㄥˋ恐ㄎㄨㄥˇ怖ㄅㄨˋ的ㄉㄜ事ㄕˋ情ㄑㄧㄥˊ……

鬼

惡魔

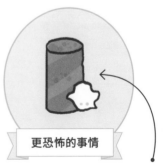

更恐怖的事情

上廁所時發現
沒有衛生紙！

嘿，比爾，
你記得我吧，

我們是同一艘
船上的水手啊！
比爾，
你肯定記得。

陌生人說。

船長倒抽了一口氣。

黑狗！

是我！

突然間，兩人爆出一陣咒罵。

我看比較像瘋狗吧！

哼，你這個沒朋友的比爾！

你才沒朋友咧！

桌椅被翻倒，

還響起了金屬碰撞聲。

下一刻，我看見黑狗和船長拔出彎刀，

接著黑狗的左肩就流血了。

黑狗拔腿就跑，沒多久就消失在山丘後面。

我要
閃人啦！

船長用手揉揉眼睛。

吉姆，

他說，

蘭姆酒，

我得離開
這裡才行……

蘭姆酒！

快拿蘭
姆酒來！

就在我跑去拿酒時，大廳裡傳來一聲巨響。船長倒在地上，雙眼緊閉，臉色很難看。

我試著把蘭姆酒灌進他嘴裡，可是他牙關緊閉，下巴就像鐵門一樣怎麼掰也掰不開。過沒多久，利佛西醫生走進旅店，讓我總算是鬆了一口氣。

「哦，醫生，」我大叫，「我們該怎麼辦？」

船長慢慢睜開眼睛，試著坐起身。他喊道：

利佛西醫生
當地的醫生

黑狗呢？

「這裡沒有什麼黑狗。」利佛西醫生回答。

我們把船長抬上樓，讓他躺在床上休息。

第二章
黑　點

　　大約中午的時候，我拿了些藥走到船長房間門口。他看起來很虛弱，但眼裡又有著期待。

　　「嘿，醫生說我要在這裡躺多久？」

　　「至少一個禮拜。」我說。

> 一個禮拜！
> 不行，到時
> 他們就會給我
> 黑點了。

　　他躺在床上，沉默了好一陣子。

「他們要的是我那個舊航海箱，」船長再度開口。「那些還活著的船員有老有少，都是老弗林特的手下。我曾是弗林特的大副，也是唯一知道那個地方的人。弗林特臨終時把一切都告訴我了。」

這張地圖給你，上面有藏寶地點！

謝了。我會好好收起來……

「可是……船長，什麼是黑點啊？」我問道。

「是一種類似傳票的東西。嗯，要是真的收到，我再解釋給你聽。你要睜大眼睛了，吉姆，我保證，我一定會把最後得到的好處

←─── 一半的寶藏好耶！

分給你一半。」

隔天早上，船長跟平常一樣下樓吃早餐。只

黑點
要是收到黑點（一張畫著黑色圓點的小紙條），就表示其他人認為你是叛徒或告密者。你可能會被追殺！

沿虛線剪下
今天就送朋友一個黑點吧！

是吃得比較少，蘭姆酒喝得比較多。現在他喝醉時會做出嚇人的行為——把彎刀抽出來放在桌上。

日子就這樣一天天過去。有一天，我看見路上有一個人慢慢走過來，他有點駝背，披著一件寬大而破舊的連帽斗篷，是那種航海才會穿的斗篷。眼睛和鼻子蒙著一塊大大的綠色眼罩。他拿著手杖不斷敲擊地面，顯然是個瞎子。他在離旅店不遠的地方停下腳步。

有沒有哪個好心人，願意告訴我這個可憐的瞎子，這裡究竟是哪裡？

叩！

叩！

你在黑丘灣的班波將軍旅店。

我回答。

「好心的年輕人，可以請你扶我進去嗎？」

我伸出手，他立刻像老虎鉗一樣把我的手緊緊抓住。

「好了，孩子，」他把我拉到他身邊，「帶我去找船長。直接帶我去找他，然後大喊『比爾，你朋友來找你了！』」

我覺得這個瞎子比船長恐怖多了。我推開大廳的門，用顫抖的聲音喊出他要我說的話。

吉姆情緒量表

對船長的恐懼

對這個陌生人的恐懼

可憐的船長抬起頭一看，臉上不只有恐懼，更多的是臨死前的痛苦。他掙扎著想站起來。

呃……比爾，你朋友來找你了！

「好了，比爾，坐著就好，」那個瞎子說。「孩子，抓住他的左手腕，把他的手拉過來，靠近我的右手。」

我看見他把什麼東西塞進船長手裡，船長將那個東西緊緊握住。

握得很緊！

「這樣就成了。」瞎子一說完便飛也似的衝出大廳，跑到路上，動作非常敏捷。我可以聽見遠方傳來手杖「叩叩叩」的敲擊聲。

船長張開手，緊緊盯著掌心。他搖搖晃晃的起身，用手抓著喉嚨，突然臉朝下癱倒在地。

船長就這樣中風死了。我的眼淚流了下來。

倒吸氣！

中風

因為血液無法流到大腦，導致突然昏迷或死亡。別擔心，這應該不會發生在你身上！

喔，船長！
我的船長！

第三章

航海箱

媽媽，
妳知道嗎……
船長死了！

他嚇死了！

中風死了！！

我立刻把所有事情告訴媽媽。

船長雙眼睜大的躺在地上，伸著一隻手臂。

他手邊的地板上有一張小紙片，其中一面塗得漆黑。我知道這一定就是「**黑點**」。我撿起紙片，發現另一面寫著

「**你的期限到今晚十點**」。

就在這時，旅店的舊時鐘突然響起，把我們嚇了一跳。原來現在才六點。「吉姆，找一下航海箱的鑰匙。可能掛在他脖子上。」媽媽說。（船長還欠我們一些住宿費。）果然，鑰匙就用一條油麻繩繫在他脖子上。我們匆匆上樓跑進船長的小房間，那個箱子從他住進來的第一天就擺在那裡。「鑰匙給我。」媽媽說。她轉開鎖，猛的把箱子打開。

濃烈的菸草與焦油味撲鼻而來。

箱子最上層是一套質料高級的衣服，底下則放著各種雜物。

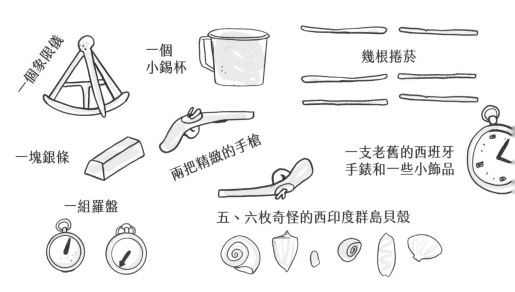

一個象限儀

一個
小錫杯

幾根捲菸

一塊銀條

兩把精緻的手槍

一支老舊的西班牙
手錶和一些小飾品

一組羅盤

五、六枚奇怪的西印度群島貝殼

雜物底下有一件老舊的斗篷，上頭沾著白色的海鹽。媽媽不耐煩的拉出斗篷，發現底下是一個油布包裹，跟一只裝滿金幣的帆布袋。

叮噹！

叮噹！

弗林特
的筆記

「我這人很誠實，只會拿自己該拿的份，絕不會多貪一毛錢。」媽媽數著袋子裡的錢幣。她數了很久。這些錢不好數，錢幣有大有小，還來自不同國家。

西班牙金幣

法國金幣

英國金幣

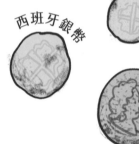
西班牙銀幣

所有的錢幣都亂七八糟的塞在袋子裡，有些錢幣我根本不認識。忽然，寂靜冷冽的空氣中傳來一陣聲響，嚇得我的心臟差點跳出來。是那個瞎子用手杖敲打結冰路面的聲音。敲擊聲愈來愈近，最後落在旅店大門上。那傢伙一度想闖進屋裡，弄得門閂嘎嘎作響。最後，敲擊聲再度響起，逐漸遠去。

「媽媽，把整袋錢拿走，我們快逃吧！」我緊張的說。

媽媽開始跟我吵了起來。這時，遠方的山丘傳來小聲的哨音。

咻！ ⟵ 糟了，瞎子要帶人殺過來了！

我得把我的錢帶走。

媽媽立刻跳起來。

「那我拿這個。」我撿起油布包裹。

我們急忙動身離開。紛雜的腳步聲竄進耳裡，我們邊走邊回頭看，只見一道搖曳的光線逐漸逼近，想必是有人提著燈追過來了。

「親愛的，」媽媽開口，「帶著錢逃跑吧！我快昏倒了。」

幸好我們已經來到小橋邊。我拖著媽媽走下河岸，躲在拱橋邊。由於橋身太低，我們沒辦法躲得更裡面。這裡離旅店不遠，還聽得見旅店的動靜。

第四章
瞎子的下場

好奇心戰勝了恐懼，我躡手躡腳爬上河岸。才一躲好，就來了七、八個敵人。他們的腳步聲在路面迴盪，此起彼落。拿著提燈的人走在最前方，後面跟著三個人並肩同行，中間那個人就是瞎子。

吉姆情緒量表

好奇心

恐懼

又是他！

這些人是誰？
看起來好像
海盜！

「把門撞破！」

「快進去，快，快點！」

「佩尤，比爾死了！」一個男人對著瞎子大聲喊道。

「搜他的身，其他人去拿箱子。」

我能聽見老舊的樓梯在他們腳下嘎吱作響。船長房間的窗戶突然砰的被撞開，玻璃哐啷碎裂。有一個人探出窗外，月光灑落在他身上。

有人把箱子搜刮一空了！

東西還在裡面嗎？

佩尤大吼。

錢還在。

佩尤罵了幾句髒話。

我是說弗林特的筆記！

他怒喊。

← 原來瞎子的名字叫佩尤

「沒看到，」那個男人回答。
「比爾身上什麼都沒有。」

「一定是那個小鬼。我真想把他的眼珠子挖出來！」佩尤氣炸了，「大家分頭找他們，把房子徹底翻一遍！」

不是在說我漂亮的眼睛吧！

弗林特的筆記

我們的老旅店就這樣被翻了個底朝天。門被踢開，家具被翻倒，沉重的腳步聲來來回回。

砰！

啪！

班波將軍

咚！

鏘！

就在這個時候，山坡上又傳來剛才那個嚇壞我和媽媽的哨音。清晰的口哨聲劃破夜色，但這次吹了兩聲，警告他們有危險逼近。

「兩聲口哨！」其中一個人說，「我們該走了！」

「走？你這個窩囊廢！」佩尤罵道，「他們一定就在附近。還站在那邊幹嘛？找到那個小鬼我們就發財了！」

「算了啦，佩尤，我們都找到西班牙金幣了。」一人嘀咕道。

佩尤氣得拿手杖打他們。

他們也反過來用凶狠的話威脅他，並試著把他的手杖搶走，可是沒成功。

山頂傳來了另一種聲音。是噠噠的馬蹄聲。樹籬那邊迸出幾聲槍響。那群海盜撒腿就跑，沒幾分鐘就不見蹤影，只剩佩尤留在原地。他激動的用手杖敲打路面，一面胡亂摸索，高聲喊著他的同伴。最後他跑了幾步經過我身邊，口中繼續喊著：

你們不會丟下老佩尤吧，兄弟們——

別丟下老佩尤啊！

哈囉？

有人嗎？

這時，四、五個人騎著馬出現，從山坡上疾馳而來。

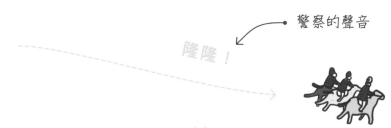

警察的聲音

隆隆！

馬蹄聲愈來愈近。
佩尤發出一聲尖叫，轉身要逃跑。

啊啊啊！

馬蹄就這樣踩過他往前奔去。
他緩緩倒下，臉朝地趴著，一動也
不動。

佩尤死了。徹底死了。

督察長丹斯先生騎著馬前往基特海口。海盜才剛跳上小帆船逃逸，離岸不遠。一顆子彈咻的掠過他們身邊。

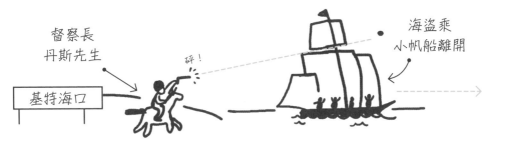

督察長
丹斯先生

基特海口

砰！

海盜乘
小帆船離開

過沒多久，小帆船就消失了。

他們逃走了，
這件事就
到此為止。

不過，

丹斯先生說，

我很高興
能踩扁
佩尤老大。

43

我和他一起回到班波將軍旅店。你絕對無法想像我們的房子被砸成了什麼樣子。我們破產了。

他們到底在找什麼？更多錢嗎？

丹斯先生不禁納悶。

不，我想他們要找的東西在我手上。

我回答。

← 我想他們要的是這個包裹！

第24頁提到的那個人！

利佛西醫生

「我想或許利佛西醫生——」

「沒錯，」丹斯先生用愉快的語氣打斷我，「我乾脆直接騎馬去找他好了。佩尤老大已經死了，一切都結束了。我帶你一起去吧！」

我衷心感謝他的提議。丹斯先生一聲令下，隊伍便騎著馬出發，奔向利佛西醫生的家。

我想我還是留在這裡打掃吧……

媽媽再見！

醫師宅邸距離1英里

第五章

船長的文件

僕人帶我們走進一間大書房。房裡擺滿書架和半身雕像，利佛西醫生和地主崔洛尼先生分別坐在壁爐兩旁，伴著熊熊火光。

大地主崔洛尼
醫生的朋友

崔洛尼先生身高超過一百八十公分，體格壯碩，看起來很豪邁。因為長期在外跋涉，臉上長了皺紋，皮膚粗糙而紅潤。他的雙眉黝黑，隨著表情變化不時閃動，看起來脾氣不太好。

　　「晚安，丹斯，」利佛西醫生說，「晚安，吉姆，是什麼風把你們吹來的？」丹斯先生把事情的經過一五一十告訴他們。

簡單來說，佩尤這個像伙給了船長黑點，船長就嚇到中風死了。

之後佩尤帶著弗林特船長的手下回來。

他們砸爛了吉姆和他媽媽開的旅店。

他們在找什麼東西，可是沒找到。後來我們警隊騎馬趕去，佩尤被馬踩死，其他人全都坐船跑了。

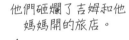

　　利佛西醫生邊聽邊高興的拍拍大腿。崔洛尼先生大呼「幹得好！」然後用長菸斗敲敲壁爐的鐵架。

這個故事太酷了，老兄！

幹得好！

「吉姆，所以他們要找的
東西在你那裡嗎？」
利佛西醫生問我。

「在這裡。」我
把油布包裹遞給他。

醫生的手指看起來蠢蠢
欲動，似乎很想打開包裹。但他最
後只是默默將包裹塞進大衣口袋。

弗林特的筆記

崔洛尼 他說，
先生，

我打算讓
吉姆在我家
過夜，

如果你覺得
可以的話，
我想我們應該
讓他吃晚餐了。
給他吃點
鹹派吧！

沒問題，
利佛西。

崔洛尼先生
回答。

菜單
・鴿肉派

僕人送來一個大大
的鴿肉派，放在矮桌
上。我太餓了，吃了一
大塊。他們又稱讚了丹斯
先生幾句，送他離開宅邸。

「你應該聽過弗林特這號人物
吧？」利佛西醫生問道。

何止
聽過！

崔洛尼先生大聲嚷嚷，

他是海上
最殘暴的
海盜，

西班牙人怕他
怕得要命，我有時
還因為他是英國人
而感到驕傲咧！

「對，我知道，」醫生說，
「但重點是，他有錢嗎？」

「錢！」崔洛尼先生大叫，

「你沒聽過那些傳聞嗎？那些
惡棍要的只有錢！他們除了錢還
在乎什麼？如果不是錢，他們哪
會拿自己的命去冒險！」

假如我口袋裡
有弗林特藏寶
地點的線索，

那些寶藏
值多少錢？

值超級多錢！

崔洛尼先生
喊道。

嗝！

「如果我們手上真的有你說的
線索，我就去布里斯托港弄艘船，
帶你和吉姆一起去尋寶。 ←── 要帶我去？
太棒了！
就算要花上一整年，我也
要找到那些寶藏。」

「很好，」利佛西醫
生說，「那我們就打開包
裹吧！」包裹裡有兩樣東
西：一本書和一份封起來
的文件。

比爾的書

「我們先看看書裡
寫了什麼。」醫生提議。

書頁上寫滿一串串奇怪的帳目
資料。一欄記錄著日期，一欄記錄
著總金額。日期橫跨將近二十年。

弗林特船長 ──→
的帳本！

「好了，現在來看看那份文件吧！」崔洛尼先生說。

文件被頂針封住，醫生小心翼翼拆開密封處，一張地圖掉了出來。地圖上畫著一座島，島嶼長約十五公里，寬約八公里，形狀很像一隻站立的肥龍。

地圖背面寫著：

望遠鏡山肩的大樹
位置在北北東偏北
骷髏島東南東偏東，ㄋ公尺
弗林特

地主與醫生欣喜若狂。

「利佛西，明天我就去布里斯托，」崔洛尼先生說，「我會弄到全英格蘭最棒的船和最優秀的船員。吉姆可以來船上當打雜小弟，你就當船醫。我來當總司令。我們一定能輕鬆找到藏寶地點。」

「崔洛尼，我會跟你一起去，」醫生答應，「吉姆也會一起。不過我擔心一個人。」

「誰啊？」崔洛尼先生大喊，「叫什麼名字？快說！」

「就是你！」醫生回答，「因為你老是管不住自己的嘴巴！除了我們之外，還有別人知道這張藏寶圖。我們絕不能洩漏半個字。」

「利佛西，放心，我一定會守口如瓶。」崔洛尼先生保證。

我發誓，我一定
會保守祕密！

嗯……

第六章

前往布里斯托

　　出海前的準備花了不少時間，比崔洛尼先生預期得還要久。我一直待在利佛西醫生的大房子裡，整天盯著藏寶圖看，滿腦子都是航海夢，期待著去神祕的島嶼冒險。

利佛西醫生　收

若收信人不在，
就由小霍金斯拆閱

地

舊錨旅店
布里斯托
17xx年3月1日

親愛的利佛西醫生：

　　我已經買好了一艘船，船上的裝備也都安排妥當了。這艘船叫「伊斯帕尼奧拉號」，目前停在港口，隨時都可以出海。

　　我的老朋友布蘭德利費了不少力氣才幫我們弄到這艘船。其實所有布里斯托的居民一一知道我們是要去尋寶之後，都非常樂意幫助我們呢！

那還用說！
寶藏應該是
祕密才對啊！

我的老友布蘭德利

我們的船
伊斯帕尼奧拉號

地 主 崔 洛 尼 的 信

　　比較麻煩的是船員的問題。我找了很久，還好最後很幸運，終於遇到我想要的人才。

　　他是個經驗老到的水手，希望能以隨船廚師的身分再度出海，所以我就請他擔任船上的大廚。他失去了一條腿，大家都叫他「長腿」約翰・西爾弗。

　　我現在精神和身體狀態都很好，食量大得像頭牛，睡覺睡得像頭豬。呵！寶藏我們來了！出航吧！

　　好了，利佛西，別浪費時間了。先讓吉姆去跟他媽媽道別，你們倆就趕緊來布里斯托吧！

　　　　　　　　　　　　　　　　崔洛尼上

我愛布里斯托！

我和我們的新廚
長腿約翰！他人超好！

好耶！
我要去
布里斯托了！

你應該可以想見我收到這封信有多興奮。

隔天一早，我就回到班波將軍旅店。崔洛尼先生不但把整間旅店修繕完畢，還在吧檯後面替媽媽擺了一張漂亮的扶手椅。

第二天，我便出發前往布里斯托。我和媽媽說再見，向我從小到大生活的海灣告別。

媽媽
再見！

再見，兒子！

抱！

新的扶手椅

新的員工

離開的路上我想起船長。他生前常戴著歪斜的帽子，頂著臉上的刀疤，手拿老舊的黃銅望遠鏡，沿著海灘大步大步的走。此刻我回頭一看，才發現已經離家好遠，看不見旅店了。

郵車約莫在黃昏時分抵達皇家喬治旅館前的空地，接我們去布里斯托。我一路上不斷打瞌睡，睜開眼後才發現我們已經來到市區大街，停在一棟巨大的建築物前。太陽此時已經高掛天空。

　　雖然我從小就住在海邊，卻好像從來沒這麼接近大海。焦油和鹽的氣味對我來說很陌生。

我看見美麗的船頭雕像，看見許多戴耳環的老水手。水手們蓄著捲捲的長鬍鬚，綁著沾滿焦油的髮辮，踩著水手獨有的步伐，大搖大擺的走來走去。

我好興奮，比看到國王或大主教還興奮。

我就要出海了。我就要前往未知的島嶼，尋找寶藏！

我見到地主崔洛尼先生，他笑盈盈的開門出來迎接我。他身穿筆挺的藍色外套，打扮得像個海軍軍官，還模仿著水手的步伐。

　　「你來啦，」他大聲說，「醫生昨晚也從倫敦趕來了。太好了，船員都到齊！」

　　「喔，崔洛尼先生，」我喊道，「我們什麼時候啟航？」

啟航！

他說，

我們明天就出發！

第七章

望遠鏡酒館

　　崔洛尼先生給我一張紙條，要我交給望遠鏡酒館的「長腿」約翰‧西爾弗。現在是碼頭最忙碌的時候，我穿越擁擠的人群，繞過一輛輛馬車和一堆堆貨物，終於來到酒館。

門側

我在門口等待的時候，有一個男人從側門出來。我看了他一眼，就確定他是長腿約翰。

他的整條左腿都被截肢了，左腋下夾著一根拐杖。他拄著拐杖跳來跳去，像隻小鳥一樣。

火腿

他的身材高大，臉大得像一片火腿。皮膚蒼白，五官平凡，但看起來很聰明，臉上掛著微笑。

其實崔洛尼先生在信中提到長腿約翰時，我就有點害怕，擔心他可能是船長之前在班波將軍旅店要我留意的獨腿水手。不過一看到他，我的擔憂立刻煙消雲散。眼前的酒館老闆外表乾淨，脾氣也很溫和，一點也不像我想像中的海盜。

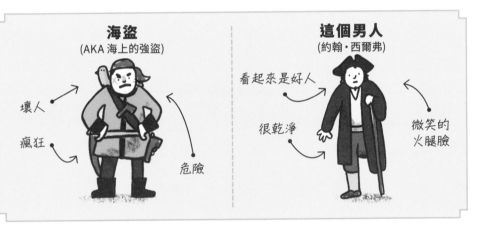

海盜
(AKA 海上的強盜)

壞人
瘋狂
危險

這個男人
(約翰・西爾弗)

看起來是好人
很乾淨
微笑的火腿臉

「請問你是西爾弗先生嗎？」我遞出紙條問道。

「我就是，孩子，」他回答。

「你是？」他看到崔洛尼先生的紙條，恍然大悟，「哦！我知道了，你是船上的打雜小弟吧！很高興認識你。」

他伸出寬大厚實的手掌和我握手。

「霍金斯，」他說，「雖然你還是個孩子，但你很聰明，我看一眼就知道。好啦，該走了！讓我戴上我的三角帽，跟你一起走。」

我們沿著碼頭往前走，一路上經過許多船隻。西爾弗是個非常有趣的人，會跟我介紹不同類型的船，還會耐心跟我講解一些航海用語。我覺得他應該是世界上最厲害的水手之一。

海上那艘大船
叫「輪船」

我ㄨㄛˇ們ㄇㄣ˙走ㄗㄡˇ進ㄐㄧㄣˋ旅ㄌㄩˇ館ㄍㄨㄢˇ，只ㄓˇ見ㄐㄧㄢˋ崔ㄘㄨㄟ洛ㄌㄨㄛˋ尼ㄋㄧˊ
先ㄒㄧㄢ生ㄕㄥ和ㄏㄜˊ利ㄌㄧˋ佛ㄈㄛˊ西ㄒㄧ醫ㄧ生ㄕㄥ兩ㄌㄧㄤˇ人ㄖㄣˊ坐ㄗㄨㄛˋ在ㄗㄞˋ一ㄧˋ起ㄑㄧˇ。

海，你們好！

嗯，這人
看起來不錯。

「下ㄒㄧㄚˋ午ㄨˇ四ㄙˋ點ㄉㄧㄢˇ我ㄨㄛˇ們ㄇㄣ˙在ㄗㄞˋ船ㄔㄨㄢˊ上ㄕㄤˋ集ㄐㄧˊ合ㄏㄜˊ！」利ㄌㄧˋ
佛ㄈㄛˊ西ㄒㄧ醫ㄧ生ㄕㄥ說ㄕㄨㄛ。

「好ㄏㄠˇ的ㄉㄜ˙，先ㄒㄧㄢ生ㄕㄥ！」西ㄒㄧ爾ㄦˇ弗ㄈㄨˊ大ㄉㄚˋ聲ㄕㄥ喊ㄏㄢˇ，
拄ㄓㄨˇ著ㄓㄜ˙拐ㄍㄨㄞˇ杖ㄓㄤˋ離ㄌㄧˊ開ㄎㄞ。

「崔ㄘㄨㄟ洛ㄌㄨㄛˋ尼ㄋㄧˊ先ㄒㄧㄢ生ㄕㄥ，我ㄨㄛˇ很ㄏㄣˇ喜ㄒㄧˇ歡ㄏㄨㄢ約ㄩㄝ翰ㄏㄢˋ。」

「他ㄊㄚ真ㄓㄣ的ㄉㄜ˙不ㄅㄨˊ錯ㄘㄨㄛˋ。」崔ㄘㄨㄟ洛ㄌㄨㄛˋ尼ㄋㄧˊ先ㄒㄧㄢ生ㄕㄥ說ㄕㄨㄛ。

「對ㄉㄨㄟˋ了ㄌㄜ˙，」醫ㄧ生ㄕㄥ再ㄗㄞˋ度ㄉㄨˋ開ㄎㄞ口ㄎㄡˇ，「吉ㄐㄧˊ姆ㄇㄨˇ
也ㄧㄝˇ能ㄋㄥˊ跟ㄍㄣ我ㄨㄛˇ們ㄇㄣ˙一ㄧˋ起ㄑㄧˇ出ㄔㄨ海ㄏㄞˇ吧ㄅㄚ˙？」

「當ㄉㄤ然ㄖㄢˊ，」地ㄉㄧˋ主ㄓㄨˇ回ㄏㄨㄟˊ答ㄉㄚˊ，「去ㄑㄩˋ拿ㄋㄚˊ帽ㄇㄠˋ
子ㄗ˙，吉ㄐㄧˊ姆ㄇㄨˇ。我ㄨㄛˇ們ㄇㄣ˙去ㄑㄩˋ看ㄎㄢˋ看ㄎㄢˋ船ㄔㄨㄢˊ吧ㄅㄚ˙！」

第八章

火藥與武器

伊斯帕尼奧拉號停得有點遠。我們一上船，船上的大副亞洛先生就立刻上前迎接我們。他戴著耳環，是個眼睛斜視的老水手。他對地主態度友善，兩人關係不錯，但我很快就發現地主和船長史莫列特先生處得不太好。史莫列特船長是個嚴肅的人，老是板著臉，似乎對船上的一切都非常不滿。

亞洛先生
職務：大副（船長助手）

史莫列特船長
職務：當然就是船長

享 受 航 海  快 樂 啟 程

伊斯帕尼奧拉號

船員介紹

總司令
地主崔洛尼
老大

船醫
利佛西醫生
照顧船員

大副
亞洛先生
船長的
主要助手
（和朋友）

船長
史莫列特船長
掌管船上的一切

大廚
「長腿」
約翰‧西爾弗
準備食物
（AKA 烤肉王）

舵手
伊薩列‧漢茲
掌舵

水手長
約伯‧安德森小姐
管理船員

打雜小弟
吉姆‧霍金斯
打掃廁所等等

我們才剛走下船艙，史莫列特船長就跟進來，一把關上門。

「喔，史莫列特船長，」崔洛尼先生說，「一切都準備就緒，可以出發了嗎？」

嗯，先生，船長說，

我不喜歡這趟航程，

不喜歡這批船員，

也不喜歡我的大副。

就這樣。

我不喜歡：
航程
船員
大副

「你不喜歡這趟航程？為什麼？」利佛西醫生問道。

「先生，我是來開船的，」船長說，「但我聽說我們要去尋寶。我對於尋寶一點興趣都沒有，特別是這趟旅程被當成機密，卻還走漏風聲的時候。」

「這我沒話說，」利佛西醫生說，「但我們願意承擔風險。你還說你不喜歡船員。他們不是很好的水手嗎？」

「反正我就是不喜歡他們，先生。」史莫列特船長回答。

「你也不喜歡亞洛先生？」

「對。」

「還有別的嗎？」醫生又問。

「有，太多人到處亂講話，把尋寶這件事傳出去了。」

「確實如此。」醫生附和道。

「我把我聽到的告訴你們吧，」史莫列特船長繼續說，「聽說你們有張島嶼地圖，上面有標記藏寶地點。那座島就在……」他一字不差的講出島嶼的經緯度座標。

我沒有把這件事告訴任何人！

利佛西，一定是你或吉姆說出去的！

崔洛尼先生急忙否認。

「好了，各位，」船長再度開口，「我不知道地圖在誰那裡，但你們聽清楚，這件事最好保密，即便是我和亞洛先生也不能知道。」

千萬要保密！

不要把地圖給別人看！任何人都不行，我和亞洛先生也不行！

「我明白了，」利佛西醫生說，「你擔心船上會發生叛變。」

「如果你們沒做好該有的準備，我只能辭職。」

崔洛尼，

醫生對地主說，

看樣子你確實找來了兩名老實的船員——船長和西爾弗。

二十個人裡有兩個老實人，不算太糟吧？

我們可以信任的人
☐ 史莫列特船長
☐「長腿」約翰‧西爾弗

第九章

旅　程

水手長吹響角笛。天快亮了，我累得要命，船上的雜事大概是班波將軍旅店工作的兩倍。話雖如此，船上簡短的命令、尖銳的笛聲，還有在船燈微光下匆匆跑向崗位的水手……周遭的一切都好有趣、好新奇。

「嘿，烤肉王，給我們唱一段！」一個聲音喊。

好啦，兄弟們！

西爾弗喊道，接著他大聲唱出我熟悉的那首歌：

約翰・西爾弗是廚師，所以其他船員就幫他取了個綽號叫「烤肉王」

亡ㄨㄤˊ靈ㄌㄧㄥˊ棺ㄍㄨㄢ上ㄕㄤ有ㄧㄡˇ
十ㄕˊ五ㄨˇ條ㄊㄧㄠˊ好ㄏㄠˇ漢ㄏㄢˋ

還記得第一章
提到的
這首歌嗎？

所ㄙㄨㄛˇ有ㄧㄡˇ船ㄔㄨㄢˊ員ㄩㄢˊ開ㄎㄞ始ㄕˇ大ㄉㄚˋ合ㄏㄜˊ唱ㄔㄤˋ：

喲ㄧㄠ吼ㄏㄡˇ吼ㄏㄡˇ，還ㄏㄞˊ有ㄧㄡˇ
一ㄧ瓶ㄆㄧㄥˊ蘭ㄌㄢˊ姆ㄇㄨˇ酒ㄐㄧㄡˇ！

歌ㄍㄜ聲ㄕㄥ立ㄌㄧˋ刻ㄎㄜˋ讓ㄖㄤˋ我ㄨㄛˇ想ㄒㄧㄤˇ起ㄑㄧˇ從ㄘㄨㄥˊ前ㄑㄧㄢˊ在ㄗㄞˋ班ㄅㄢ波ㄅㄛ將ㄐㄧㄤ軍ㄐㄩㄣ旅ㄌㄩˇ店ㄉㄧㄢˋ的ㄉㄜˊ時ㄕˊ光ㄍㄨㄤ。船ㄔㄨㄢˊ錨ㄇㄠˊ很ㄏㄣˇ快ㄎㄨㄞˋ就ㄐㄧㄡˋ被ㄅㄟˋ拉ㄌㄚ出ㄔㄨ水ㄕㄨㄟˇ面ㄇㄧㄢˋ，伊ㄧ斯ㄙ帕ㄆㄚˋ尼ㄋㄧˊ奧ㄠˋ拉ㄌㄚ號ㄏㄠˋ緩ㄏㄨㄢˇ緩ㄏㄨㄢˇ出ㄔㄨ海ㄏㄞˇ，航ㄏㄤˊ向ㄒㄧㄤˋ金ㄐㄧㄣ銀ㄧㄣˊ島ㄉㄠˇ。

尋寶去囉！

不過在我們抵達金銀島之前，發生了幾件事。

首先，亞洛先生的情況比船長想得更糟。他在船員面前毫無威嚴可言，完全叫不動他們。船長一次又一次命令他回到下層甲板，讓他很沒面子。有天深夜，亞洛先生忽然失蹤，沒有人看到他，但大家都不太意外。

「他落海了！」船長大叫，「唉，好吧，這樣也省得我們用鐵鍊把他綁起來了。」

嘿，大家！等等我！

我們就這樣少了一名大副，於是由水手長安德森兼任這個職位。

伊斯帕尼奧拉號
最新消息！

人事升遷
水手長安德森即刻起兼任大副。

這個傢伙
已經「不在船上」了

崔洛尼先生經常在天氣晴朗時親自當瞭望員，而舵手伊薩列‧漢茲是個機靈且經驗老到的水手，幾乎所有事都能交給他。

伊薩列‧漢茲
傑出的水手

除此之外，他也是西爾弗的心腹。

煮飯的時候，西爾弗會用繩子把拐杖綁在脖子上，盡量空出雙手。他的動作平穩，看起來就像人還在陸地上。

當天氣不好的時候，他會用更奇怪的方式在甲板上行走。他會抓著一條或兩條纜繩，從甲板一頭盪到另一頭。其他船員都說這些纜繩是西爾弗的耳環。

「烤肉王不是一般人，」舵手告訴我，「他簡直比獅子還勇猛！」

船員們都很尊敬西爾弗，很聽他的話。他對我十分親切，每次在廚房看到我都很開心。他把廚房整理得一塵不染，碗盤擦得亮晶晶。廚房角落的籠子裡有一隻鸚鵡。

「來，霍金斯，坐下，」他會要我過去，「我跟你說，這是弗林特船長——沒錯，我的鸚鵡就是以那位大名鼎鼎的海盜來命名的。」

鸚鵡會大叫：

西班牙銀幣！

西班牙銀幣！

西班牙銀幣！

西班牙銀幣！

牠會一直一直叫，讓你不禁開始想牠什麼時候才會喘不過氣。但通常要等到西爾弗用手帕蓋住牠的籠子，牠才會安靜下來。

「這隻鳥啊，」他又說，「可能有兩百歲囉！要說有誰比牠見識過更多骯髒的勾當，大概只有魔鬼了！」

「準備啟航！」鸚鵡扯開喉嚨大喊。

「哎，牠真是上天的傑作。」西爾弗說著，從口袋拿出方糖給牠吃。

大約還有一天
就會抵達目的地。

我們正朝著南南西方向前進。
陣陣微風吹拂，
海面平靜無波。

伊斯帕尼奧拉號穩定航行，
激起層層浪花。

天色漸漸暗了。我突然想吃蘋果。

我把整個身子探進平常裝蘋果的桶子裡，卻發現裡面一顆蘋果也不剩。這時，有個身材壯碩的人走過來，砰的一聲坐下，把肩膀靠在木桶上。木桶晃了一下，我正想跳起身，那人就開始說話。

是西爾弗的聲音……

❧ 第十章 ❧

我在蘋果桶裡
聽見的事

不，
不是我，

西爾弗說，

弗林特才是船長，
當時我是水手長。
有些人怕佩尤，
有些人怕弗林特，
而弗林特怕我。

舵手漢茲的聲音傳來，

所以西爾弗和佩
尤都是弗林特船
長的手下？
那他不就是……
海盜？

烤肉王，我們到底還
要這樣被人呼來喚去
多久？可惡，我受夠
史莫列特船長了！我
真的很想闖進艙房，

搶走
他們那些
酸黃瓜和
葡萄酒。

漢茲一定很
喜歡酸黃瓜！

❧ 83 ❧

錢

等我們把所有
的錢都搬上船，
我就會在島上
解決他們。

西爾弗說。

怎麼解決？ 漢茲又問。

豬肉

你想怎麼做？
把他們丟在小島上自生自滅？
或是像切豬肉一樣
把他們大卸八塊？
我是想要他們的命啦！
能殺的時候為何不殺呢！

不過我只有一個
要求，崔洛尼留
給我，我要親手
把他那顆笨腦袋
扯下來。

欸，拿一顆
蘋果給我，
我要潤潤喉。

西爾弗真的
很討厭崔洛尼！

喔，糟了！

一顆蘋果

🌟84🌟

你應該能想像我有多害怕吧！要是我當下沒腳軟，一定會立刻跳出來逃走。

漢茲大聲說：

哎，別吃什麼蘋果了！我們來喝蘭姆酒吧！

呼，好險！

他們開始喝酒。一個人說：「祝我們好運。」另一個人說：「敬老弗林特。」西爾弗接著說：

敬我們。希望一切順利，滿載而歸。

這時，一道光線灑進木桶裡，落在我身上。我抬頭一看，只見皎潔的月亮高掛天空。幾乎就在同一時間，瞭望員放聲大喊：

是陸地！

第十一章

作戰會議

甲板上傳來一陣急促的腳步聲。我趁機溜出蘋果桶，及時來到開闊的甲板上，跟著大家一起跑向船頭。

隨著月亮升起，海上原本一整片的濃霧也逐漸消散。我們東南方的島嶼上有兩座相距好幾公里的低矮丘陵。

再後面有一座比較高的山丘，山頂霧氣繚繞，一片朦朧。

　　「好了，各位，」史莫列特船長說，「有人看過前面那座島嶼嗎？」

　　「我看過，先生，」西爾弗回答，「那座島叫骷髏島，過去曾是海盜的主要據點。島上有三座山丘往南方綿延。最高的那座——就是被雲霧遮住的那座，海盜叫它望遠鏡山，因為他們打掃船隻時都會派人到山上守望。」

「我這邊有一張地圖，」史莫列特船長說，「確認一下是不是這座島。」那張地圖並不是我們在「船長」比爾‧彭斯的箱子裡找到的那張，而是仿製的。上頭沒有紅色叉叉，背面也沒有筆記。

大家來找碴

 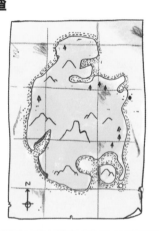

西爾弗心裡一定很惱怒，但他掩藏得很好。

沒錯，他說，先生，

就是這裡，畫得很不錯呢！

但寶藏在哪呢？

「謝了，老兄。」史莫列特船長說。

我承認，看到西爾弗朝我走過來時，我有點害怕。他當然不知道我無意間在蘋果桶裡聽到他說的話，但他抓住我的手臂時，我還是忍不住抖了一下。

啊，

這座島真是個好地方，

他說，

你應該趁你現在年輕、好手好腳的時候，多出去外面闖一闖。如果你想去島上探險，就跟我這個老頭子說，我會幫你準備點心。

他親切的拍了拍我的肩膀，然後一跛一跛的走開。

利佛西醫生把我叫過去，應該是要我去甲板下的船艙幫他拿菸斗，但我一靠近他就忍不住先開口。我用其他人聽不見的聲音說：

醫生，快點把船長和地主帶去艙房，然後找個藉口命令我過去。

我有可怕的消息要跟你們說。

我走進艙房，看見他們三人圍坐在一張桌子旁邊，桌上有一瓶西班牙葡萄酒和一些葡萄乾。晚上很溫暖，他們身後的窗戶敞開，可以看見船隻留下的水痕在月光下閃著波光。

「好了，吉姆，」崔洛尼先生說，「你不是有話要說嗎？快點說吧！」

約翰·西爾弗是海盜！他之前是弗林特船長的手下！他打算把你們全都殺掉！

我盡量長話短說，把西爾弗的談話內容一五一十告訴他們。直到我說完之前都沒有人打岔。

「吉姆，坐吧。」利佛西醫生開口。

他們要我在桌邊坐下，替我倒了一杯酒，又在我手裡塞了一大把葡萄乾，接著拿起酒杯，敬我的運氣和勇氣。

「船長，你沒錯，」崔洛尼先生說，「錯的人是我。我真是個混帳。」

「我也差不多啦，」船長表示，「我也被這些船員給騙了。」

「吉姆可以幫助我們，」利佛西醫生說，「那群人不會對他有所顧忌，他的觀察力也很敏銳。」

「吉姆，我對你很有信心。」崔洛尼先生說。

我心裡感到一股焦慮，覺得好無力、好無助。

我們

史莫列特船長
地主崔洛尼
利佛西醫生
我

（我們當然是好人啦！）

他們

「長腿」約翰・西爾弗
大壞蛋！

其他船員
可惡的騙子！

（一群該死的海盜！）

第十二章

冒險開始

　　早上我走到甲板上，發現島嶼看起來跟昨晚完全不一樣。島上是一大片灰濛濛的樹林，低處夾雜著一塊塊黃色沙地。放眼望去，給人一種淒涼的感覺。島上的三座山丘形狀都很奇怪。最怪的就是望遠鏡山，幾乎每一面都是峭壁，山頂卻異常平坦，

好像可以在上面立一座雕像。

我的心一沉。打從第一眼看見金銀島，我就討厭它了。

船在離主島與骷髏島各約五百公尺的地方停下來。海底是乾淨的沙灘。我們拋下船錨，轟隆巨響嚇得鳥群飛到樹林上空盤旋、鳴叫，但沒多久牠們就安靜下來，一切再度歸於寂靜。

自這座島從海中升起以來，我們可能是第一批停泊在這裡的人。

金銀島？我看是垃圾島吧！好臭喔！

下錨的地方飄著一股臭味。我看到利佛西醫生仔細嗅了嗅，好像吃到壞掉的雞蛋似的。

有沒有寶藏，他說，我不清楚，

但我敢打賭，待在這裡一定會得熱病。

嘿，熱病！
以前的人認為沼澤和臭氣是導致熱病的元凶，但其實罪魁禍首是在溼熱地區孳生的蚊蟲，牠們會引起傳染病（例如瘧疾、登革熱、黃熱病等），讓人出現發熱的症狀。

我ㄨㄛˇ們ㄇㄣ˙在ㄗㄞˋ船ㄔㄨㄢˊ艙ㄘㄤ裡ㄌㄧˇ討ㄊㄠˇ論ㄌㄨㄣˋ了ㄌㄜ˙一ㄧˊ下ㄒㄧㄚˋ，然ㄖㄢˊ後ㄏㄡˋ史ㄕˇ莫ㄇㄛˋ列ㄌㄧㄝˋ特ㄊㄜˋ船ㄔㄨㄢˊ長ㄓㄤˇ便ㄅㄧㄢˋ走ㄗㄡˇ上ㄕㄤˋ甲ㄐㄧㄚˇ板ㄅㄢˇ對ㄉㄨㄟˋ船ㄔㄨㄢˊ員ㄩㄢˊ們ㄇㄣ˙喊ㄏㄢˇ話ㄏㄨㄚˋ。

天ㄊㄧㄢ氣ㄑㄧˋ很ㄏㄣˇ熱ㄖㄜˋ，大ㄉㄚˋ家ㄐㄧㄚ也ㄧㄝˇ都ㄉㄡ累ㄌㄟˋ壞ㄏㄨㄞˋ了ㄌㄜ˙。

上ㄕㄤˋ岸ㄢˋ休ㄒㄧㄡ息ㄒㄧˊ一ㄧˊ下ㄒㄧㄚˋ，好ㄏㄠˇ好ㄏㄠˇ享ㄒㄧㄤˇ受ㄕㄡˋ午ㄨˇ後ㄏㄡˋ時ㄕˊ光ㄍㄨㄤ吧ㄅㄚ！日ㄖˋ落ㄌㄨㄛˋ前ㄑㄧㄢˊ半ㄅㄢˋ小ㄒㄧㄠˇ時ㄕˊ我ㄨㄛˇ會ㄏㄨㄟˋ鳴ㄇㄧㄥˊ槍ㄑㄧㄤ，提ㄊㄧˊ醒ㄒㄧㄥˇ你ㄋㄧˇ們ㄇㄣ˙回ㄏㄨㄟˊ來ㄌㄞˊ。

他ㄊㄚ們ㄇㄣ˙高ㄍㄠ聲ㄕㄥ歡ㄏㄨㄢ呼ㄏㄨ，鳥ㄋㄧㄠˇ群ㄑㄩㄣˊ再ㄗㄞˋ次ㄘˋ被ㄅㄟˋ驚ㄐㄧㄥ動ㄉㄨㄥˋ，在ㄗㄞˋ船ㄔㄨㄢˊ的ㄉㄜ˙四ㄙˋ周ㄓㄡ尖ㄐㄧㄢ聲ㄕㄥ鳴ㄇㄧㄥˊ叫ㄐㄧㄠˋ。

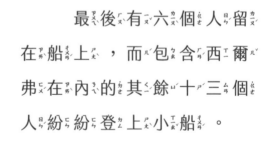

最ㄗㄨㄟˋ後ㄏㄡˋ有ㄧㄡˇ六ㄌㄧㄡˋ個ㄍㄜˋ人ㄖㄣˊ留ㄌㄧㄡˊ在ㄗㄞˋ船ㄔㄨㄢˊ上ㄕㄤˋ，而ㄦˊ包ㄅㄠ含ㄏㄢˊ西ㄒㄧ爾ㄦˇ弗ㄈㄨˊ在ㄗㄞˋ內ㄋㄟˋ的ㄉㄜ˙其ㄑㄧˊ餘ㄩˊ十ㄕˊ三ㄙㄢ個ㄍㄜˋ人ㄖㄣˊ紛ㄈㄣ紛ㄈㄣ登ㄉㄥ上ㄕㄤˋ小ㄒㄧㄠˇ船ㄔㄨㄢˊ。

我溜到船邊，跳上離我最近的小船，蜷起身子躲在裡面。

嘘！

大家賣力划向海灘，但我坐的那艘船一下子就超過其他船，遙遙領先。一靠近岸邊，我就飛快抓住樹枝，盪出小船，跳到附近的樹叢裡。西爾弗他們還在離小島大約九十公尺的海面上。

西爾弗和
其他人

第十三章

第一起攻擊事件

　　我很高興能甩開西爾弗。我環顧四周，興味盎然的觀察這座奇特的島嶼。這是我第一次感受到探索的樂趣。島上沒有人住，其他船員又被我遠遠拋在後頭。眼前就只有不會講話的鳥獸，一個人影也沒有。

島上到處是
我不認識的植物，
而且不時有蛇出沒。
我看見一條蛇在突出的石
塊上昂起頭，對我吐信。

　　沼澤地在熾烈的陽光下
熱氣蒸騰，望遠鏡山的輪廓
在薄霧中若隱若現。一隻
野鴨呱呱叫著飛起來，
一大群鳥兒也跟著從
沼澤飛上天際，一邊尖鳴，
一邊盤旋。

沒多久，我就聽見遠方傳來人的低語。聲音愈來愈近，愈來愈響。

我好害怕，立刻爬到最近的一棵橡樹下蹲了下來，豎起耳朵，像一隻老鼠一樣悄無聲息。

我聽見是兩個人在交談。我認出來了，其中一個是西爾弗的聲音。我四肢著地，慢慢爬向他們的位置。西爾弗和另一個船員正面對面站著說話。

陽光照在他們身上。

西爾弗把帽子丟在一旁，寬闊的大臉上布滿閃亮的汗珠，抬頭看著另外一個人。

「老兄，我是要救你的命啊！」西爾弗說。

西爾弗，

另一個男人開口。

他滿臉通紅，嗓子沙啞得像烏鴉，

聲音如繃緊的繩子微微顫抖，

我對天發誓，我寧可失去一隻手。

就在這個時候，遠方的沼澤突然傳來一聲又長又可怕的慘叫。那慘叫聲在望遠鏡山的巨石間迴盪。

啊啊啊啊啊！

西爾弗眼睛都沒眨一下。他站在原地，輕輕倚著拐杖，像一條隨時準備出擊的蛇，緊緊盯著眼前的男人。

「約翰！」那名水手驚呼，「天啊，那是什麼聲音？」

「喔，那個啊，」西爾弗揚起微笑，雙眼如碎玻璃般閃閃發光，「應該是亞倫吧！」

唉，怎麼會有海盜叫亞倫啊？

亞倫！

你殺了亞倫是嗎？

有一種也把我殺了。但可沒那麼容易！

勇敢的水手說完便轉身背對西爾弗。

下一秒，西爾弗就撲到他身上，動作如猴子般敏捷，既沒有用腿，也沒有用拐杖……

霎時間

我眼前一片模糊，

整個世界像是都在旋轉。

等我回過神來，那個殺人魔已經恢復鎮定。他戴好帽子，將拐杖夾在腋下，抓了一把草擦拭刀子上的血跡。

清脆的哨音

他把手伸進口袋，拿出哨子吹了幾下。其他人很快就會趕到了，我可能會被發現！他們已經殺了兩個好人水手，下一個遭殃的會不會是我？

我要閃人啦！

我沒命似的拔腿狂奔，愈往前跑，內心就愈覺得害怕，簡直要崩潰了。

我當初怎麼敢跟那些壞人一起搭船來這裡啊？完了，一切都完了。我不是要餓死，就是要死在那些叛亂者手中。

我跑啊跑，來到一座雙峰小山的山腳下。這裡的空氣聞起來比沼澤地新鮮多了。

就在這個時候，出現了新的危機！我停下腳步，一顆心怦怦狂跳。

又怎麼了！？

第十四章

住在島上的人

我看見一個身影快速閃過，跳到一棵松樹的樹幹後面。那是熊，是人，還是猴子？我無法判斷，只知道那個東西看起來黑漆漆又毛茸茸的。那神祕的生物像鹿一樣在樹林間穿梭，像人一樣用兩條腿奔跑，可是我從來沒見過有人那樣跑步……

不ㄅㄨˋ過ㄍㄨㄛˋ

我ㄨㄛˇ很ㄏㄣˇ確ㄑㄩㄝˋ定ㄉㄧㄥˋ

那ㄋㄚˋ是ㄕˋ人ㄖㄣˊ沒ㄇㄟˊ錯ㄘㄨㄛˋ。

我ㄨㄛˇ想ㄒㄧㄤˇ起ㄑㄧˇ以ㄧˇ前ㄑㄧㄢˊ

聽ㄊㄧㄥ過ㄍㄨㄛˋ食ㄕˊ人ㄖㄣˊ族ㄗㄨˊ的ㄉㄜ˙

故ㄍㄨˋ事ㄕˋ……

突然間，那個人在我面前跪了下來，雙手緊握，做出哀求的樣子。

「你是誰？」我問道。

他的聲音異常沙啞，好像生鏽的鎖頭。

> 我叫班‧岡恩，

> 我已經三年沒跟人說過話了。

這個人大概是我見過穿著最邋遢的人了，連乞丐都沒這麼慘。

他身上套著又舊又破的船帆和防水布。這些布條僅用幾顆黃銅鈕釦固定，用幾根枝條和油麻繩綁在一起。

他腰間繫著一條有黃銅釦的皮帶。

「三年！」我忍不住驚呼，「你是遇上船難了嗎？」

「哎，不是，」他回答，「我是被遺棄在這裡的。」

我聽說過海盜當中有一種懲罰人的手段十分恐怖，就是把人丟到荒島上去，讓他自生自滅。

「在這裡三年，」他繼續說，「每天只能吃山羊、野莓和牡蠣。嘿，你不會剛好有帶乳酪吧？我有好幾個漫長的夜晚都夢見乳酪，而且最常夢見烤得香噴噴的乳酪，可是醒來後，我人還在這裡。」

「如果我能回到船上，你想吃多少乳酪都行。」我說。

他立刻露出訝異又有點狡猾的神情。

你叫什麼名字？

「吉姆。」我告訴他。

「吉姆啊吉姆，」他開口，「我的生活過得很苦，你可能都會不忍聽我形容。不過，吉姆，我告訴你……」他環顧四周，壓低嗓門道，「我很有錢。」

他激動的重複著：

有錢！超有錢！

呃，
好喔……

哎，吉姆，你會很慶幸自己是第一個找到我的人！

「好了，吉姆，」班・岡恩伸手指了指，「那該不會是弗林特的船吧？」

「不是，」我飛快回答，「弗林特早死了。但船上有他的手下，對我們來說不是什麼好事。」

「該不會是……只有一條腿的男人吧？」他倒抽一口氣。

「你說西爾弗？」我問道。

「啊，對，西爾弗，」他說，「那是他的名字沒錯。」

我把旅途的經過和我們目前的處境都告訴他。他拍了拍我的頭。

你是個好孩子，吉姆。

他說。

你還在想著乳酪對吧？

快 翻 下 一 頁 ，
看看班・岡恩
超瘋狂的故事！

弗林特埋寶藏時，
我也在他的船上。

我

弗林特
船長

寶藏——
很多寶藏！

三年前，我在另一艘船上工作。
當時我們看到了這座島，於是我
就說，「各位，弗林特把寶藏埋
在那裡。我們上岸找吧！」

就在那裡，
兄弟們！真的！

他們找出了十二天，

簡直是在
浪費時間！

班・岡恩
就是這樣

罵我的話也愈來愈惡毒。

星期一	星期二	星期三	星期四

他是個傻瓜！　　混帳！　　廢物！　　真是#%*★
　　　　　　　　　　　　　　　　　　　！！！

「欸，班・岡恩，」他們

說，「你就自己留下來挖

弗林特的寶藏吧！」

再見！

嘿，等等！

我就是這樣被扔到
這該死的島上！

「現在你聽好，看看我，」班眨眨眼，用力捏了我幾下，「我把大部分時間都花在另一件事情上了。」

他又神祕兮兮的再捏了我一下。

「呃，我聽不懂你在說什麼，」我說，「不過這不重要，重要的是我該怎麼上船？」

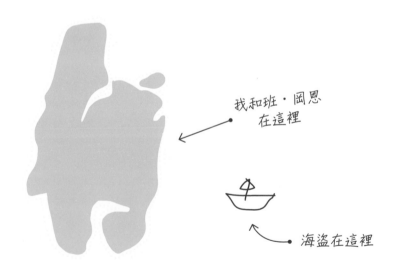

捏！
捏！

我和班・岡恩在這裡

海盜在這裡

「哦，其實我自己做了一艘船，」他說，「就藏在那塊白色的岩石下。要是情況不妙，我們可以在天黑後跳上船，碰碰運氣。」

以備
不時之需！

突然間⋯⋯

「嘿！」班喊道，「那是什麼？」

島上忽然響起隆隆的大砲聲，回音不絕於耳。

「他們開戰了！」我大叫，「跟我來。」

我跑向下錨的地方，將所有恐懼拋在腦後。那名被遺棄的水手踩著輕盈的步伐，緊跟在我身旁。

「左邊，左邊，」他說，「快躲到樹下！那是我打到第一隻山羊的地方。山羊現在都很怕我，牠們都待在山上，不敢下山。」

金銀島觀光路線

班・岡恩

在這裡打到第一隻山羊

（小羊羊，安息吧）

砲聲之後，緊接著是一陣槍擊聲。

砰！砰！

我看見前面
不到四百公尺
的地方，有一面
英國國旗在樹林
上空飄揚。

飄呀飄！

此時的船上
是什麼情況？

吉姆溜下船之後，利佛西醫生、
地主崔洛尼先生和史莫列特船長
也一同踏上冒險之旅。

他們留了一些船員在船上，
跟著其他海盜前往金銀島。

不可能出
什麼差錯吧？

他們一離開，伊薩列・漢茲等
留在船上的人就占領了船隻。

他們叛變了！

耶！　喲呼！

啊！

轟！
轟！
砰！
砰砰砰！

他們是海盜！

這年頭
真的不能相
信任何人！

醫生、地主和船長繼續駛向小島，但其他海盜早就在岸上等著了！

他們的小船沉了，回不去了！

這下可好了！

哈！

他們衝上岸，跟那些叛徒搏鬥。

快，兄弟們，我們撤退到舊堡壘那邊！

他們躲進一間廢棄的木屋。

他們升起英國國旗。

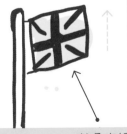

就是吉姆看到的國旗！

叛變的水手用大砲攻擊木屋。

發射！

就是吉姆聽見的大砲聲

西爾弗是叛徒的首領

第十五章

駐守木屋的人

一看到國旗，班・岡恩就停下腳步。

「好了，木屋裡的肯定是你朋友啦！」他說，「因為如果是西爾弗，他肯定會升起海盜旗，這點我確定。」

班・岡恩的旗幟小教室

英國國旗
（好人隊）

海盜旗
（海盜隊）

白旗
（膽小鬼隊）

他又露出那種古靈精怪的模樣，捏了我一下。這是他第三次捏我了。

這樣一直捏
有點煩人了

捏！

捏！

捏！

就在這時候，一顆砲彈從樹林裡飛出來，落在離我們不到九十公尺的沙地上。我們倆立刻向兩邊逃跑。

天啊！

快跑！

砲火持續穿透樹林，轟炸了整整一個小時。我一直東躲西藏，但恐怖的砲彈仍緊追在後。當攻擊漸漸停止，我鼓起勇氣，悄悄走向海邊的樹林。

太陽剛下山，
海風把樹林吹得沙沙作響，
把海面吹出陣陣漣漪。
潮水已然退去，
露出大片沙地。
炎熱的白晝即將結束，
冷空氣穿透我的外套，
讓我感到一絲寒意。

伊-斯ㄙ帕ㄆㄚ尼ㄋㄧ奧ㄠ拉ㄌㄚ號ㄏㄠ還ㄏㄞ
停ㄊㄧㄥ在ㄗㄞ原ㄩㄢ來ㄌㄞ的ㄉㄜ地ㄉㄧ方ㄈㄤ，只ㄓ是ㄕ
桅ㄨㄟ杆ㄍㄢ頂ㄉㄧㄥ端ㄉㄨㄢ多ㄉㄨㄛ了ㄌㄜ一ㄧ面ㄇㄧㄢ
黑ㄏㄟ色ㄙㄜ海ㄏㄞ盜ㄉㄠ旗ㄑㄧ。

我覺得是時候前往木屋了。我站起身，看見不遠處聳立著一塊高大的白色岩石，應該就是班・岡恩剛才提到的岩石吧！

要是哪一天需要小船，我就知道該去哪裡找了。

我沿著樹林外緣走，來到木屋後方。我忠誠的朋友們立刻出來迎接我，讓我覺得心裡暖暖的。

你成功了！

幹得好

歡迎吉姆回來！

我飛快的把剛才的經過告訴他們，然後開始觀察這裡的環境。木屋是用長短不一的松木樹幹蓋的。屋前有門廊，門廊下流著一股細小的泉水，最後流進一個底部挖空的大鐵壺中。屋內的一角有座石頭砌成的壁爐，還放著一個已經生鏽的鐵桶，應該是生火用的。

　　清冷的夜風挾著細小的沙粒吹進屋裡。沙子吹進我們的眼睛裡、牙縫裡、晚餐裡，就連鐵壺裡的泉水也有沙子飛舞，看起來好像快要煮滾的麥片粥。

「這個班‧岡恩，」利佛西醫生開口，「你說他想吃乳酪？」

「沒錯，先生，就是乳酪。」我回答。

「好吧，吉姆，」醫生又說，「我的鼻煙盒裡有一片帕瑪森乳酪，是義大利進口的，非常營養，就送給班‧岡恩吧！」

營養滿分

美味可口

帕瑪森
乳酪

產地：義大利

大家吃了一些豬肉，每個人都喝了一杯很烈的白蘭地。三位領袖聚在角落，討論接下來該怎麼做。

他們認為最好的辦法就是我們盡全力剿滅海盜，直到他們降旗投降，或開著伊斯帕尼奧拉號逃跑。

夜裡，我在床上翻來覆去好一會，終於沉沉睡去。

但沒睡多久，我被一陣騷動和說話聲驚醒。

休戰旗！

我聽見一個聲音說。緊接著是一陣驚呼。

是西爾弗本人！

第十六章

西爾弗來談判

木屋外出現兩個人,其中一人揮舞著白旗。

先生,

西爾弗船長來談判了!

西爾弗大喊。

你來啦，
好傢伙。

史莫列特船長說。

「你不讓我進去嗎，船長？」西爾弗抱怨道，「今天早上很冷，坐在沙地上會很不舒服。」

「哼，西爾弗，」史莫列特船長說，「這是你自作自受。如果你老老實實當船上的廚師，我一定會給你很好的待遇。但如果你要當你的西爾弗船長，你就是叛徒，是海盜，你就等著被吊死吧！」

哎呀，哎呀，船長，

我們要那些寶藏，非拿到不可！

把地圖交出來吧！

西爾弗一邊說一邊在沙地上坐了下來，

「你這傢伙，我才不吃這套，」船長打斷他，「我們很清楚你的目的，但我們一點也不在乎。你要地圖？想得美！」

兩人陷入沉默，靜靜坐在那裡抽菸。他們一會兒抬頭看對方一眼，一會兒又伸長脖子向前吐一口唾沫。在旁邊看著他們簡直就像看戲一樣有趣。

這樣吧，西爾弗開口，

你把地圖給我們。找到寶藏後，我就送你們到安全的地方上岸。

要是拒絕，就等著吃子彈。我不會再來談判了！

很好，

史莫列特船長說，「你給我聽清楚，如果你們放下武器，全部過來投降，我會替你們戴上手銬，送你們回英格蘭接受公正的審判。但如果你們不打算這樣做，現在就給我滾！」

西爾弗的表情精采極了，眼睛氣到快凸出來。他在地上爬著，好不容易掙扎著站起身。

呸！

你們想笑就笑吧！

不到一個鐘頭，我就會讓你們生不如死，

再也笑不出來！

他又惡狠狠的咒罵一聲，一瘸一拐的離開。

第十七章
戰　鬥

西爾弗的身影一消失，船長就立刻回到屋內。

各就各位！

他大吼。

我們原本都在門口看熱鬧，被他這麼一吼，不禁面紅耳赤，趕緊溜回崗位。

各就各位

船長再度開口。

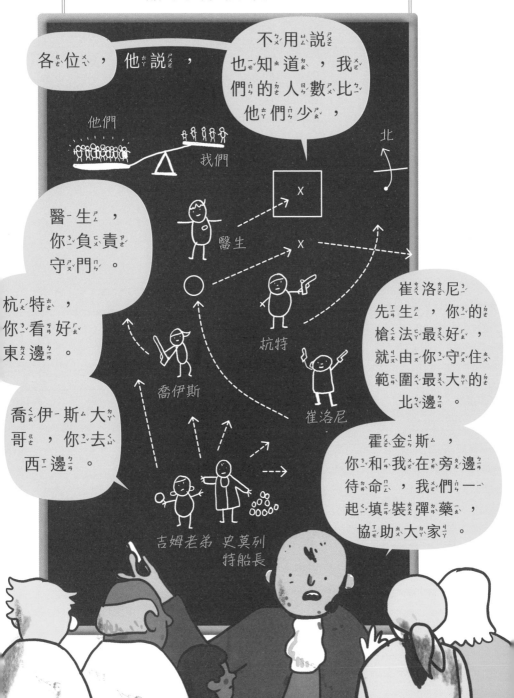

太陽一升到樹梢頂端，炙熱的陽光就在空地上傾瀉而下。

　　沙子很快就開始發燙。我們紛紛把外套和大衣丟到一旁，解開襯衫領口，將袖子捲到肩膀。大家都站在原地堅守崗位，覺得很熱又很緊張。一個小時就這樣過去了。

該死的混帳！

船長說，

簡直跟赤道無風帶一樣，快悶死了。

「先生，請問一下，」喬伊斯插話，「我如果看到有人來了，就直接開槍嗎？」

「當然！」船長大聲回道。

喬伊斯飛快舉起長槍。周遭頓時槍聲大作，子彈連發，一槍接著一槍，此起彼落，彷彿從四面八方飛來的鵝群。過沒多久，煙霧逐漸散去，木屋和樹林看起來就跟之前一樣空蕩而安靜。

「你有打中那個人嗎？」船長問道。

「沒有，先生，」喬伊斯回答，「我想沒有。」

「起碼你說了實話，」史莫列特船長低聲咕噥，「替他裝彈藥，吉姆。」

就在這個時候，一小群海盜突然高聲吆喝，從北邊的樹林跳出來，直直衝向木屋。

同一時間，一發子彈咻的飛進門口，把醫生的槍轟成了碎片。

海盜們蜂擁而至，如一隻隻猴子般越過圍籬。

有一個海盜抓住杭特的槍管，猛然奪走他的槍，還把可憐的杭特打昏在地。

與此同時，又有一個海盜突然出現在門口，拿著彎刀朝醫生砍去。

木屋裡頓時
硝煙瀰漫，

一片混亂，

閃光、槍聲、
吶喊聲不斷。

此時我耳邊
響起一聲怒吼：

出去，兄弟們，到外面跟他們拚了！

拔刀！

我立刻抓起桌上一把彎刀。

有人同時抓了旁邊的另外一把，刀鋒劃傷我的指關節，我卻幾乎沒感覺到疼。我衝出門外，跑到耀眼的陽光下。剛才翻過圍籬的四名海盜中，只剩一人還沒倒下。此時他正奮力爬出圍籬，急著逃命。

開槍！
從屋裡
開槍！

醫生大喊。

可是沒有人開槍。最後一個入侵者成功逃脫，和其他海盜一同消失在樹林裡。

我飛也似的跑回木屋。逃走的海盜一定很快就會回來，槍戰隨時都可能再次爆發。

我們一眼就看出這場勝利的代價有多大。

杭特倒在原本
插著槍的槍眼
旁邊；

喬伊斯倒在他旁
邊，頭部中彈，
永遠不會醒了；

地主崔洛尼先生扶著船長，
坐在屋子中央。

船長受傷了。

崔洛尼先生說。

他們跑了？

史莫列特
船長問道。

能跑的都
跑了，別
擔心，

利佛西醫生回答，

不過有
五個人永遠跑
不了了。

第十八章
海上冒險開始

叛亂的船員沒有回來。船長的傷勢雖然嚴重，但沒有生命危險，主要是外傷。醫生說他一定會好起來，只是這段期間絕對不能走路或移動手臂，也盡量不要講話。

我指關節上意外造成的小傷不算什麼。利佛西醫生幫我貼上藥布，還開玩笑拉拉我的耳朵。

吃完晚餐後，地主和醫生坐在船長床邊，開始討論事情。

處方箋

病患姓名：
吉姆・霍金斯
藥布1片（小）
拉耳朵1下（用力）

利佛西

我想離開這裡去冒險，於是偷偷在外套兩側的口袋裡塞滿乾麵包。這些乾麵包夠我充飢，至少能撐過兩天。

我打算前往海邊的沙洲，找到前一天傍晚看見的白色岩石，確認班・岡恩是不是真的把他的小船藏在那裡。

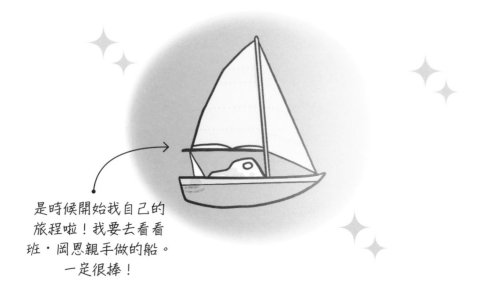

是時候開始我自己的
旅程啦！我要去看看
班・岡恩親手做的船。
一定很棒！

　　我以閃電般的速度飛快衝出木屋，跑到密林深處。等到其他人發現我不見的時候，我早已跑得老遠了。他們就算叫我，我也聽不見。

　　我開心的沿著海邊漫步，然後在繁茂的灌木叢遮蔽下小心翼翼的前往沙洲。

海風已經止住了，
海面上起了大片濃霧。
伊斯帕尼奧拉號依舊留在原地，
船桅頂端也還掛著海盜旗。

有一艘小艇停在
旁邊，而西爾弗
就坐在船尾。

小艇
就是小船

怎麼回事？？

這時，一聲令人毛骨悚然的尖叫聲劃破寂靜。雖然我先被嚇個半死，但很快便想起這是鸚鵡「弗林特船長」的叫聲。牠的羽毛很鮮豔，所以我大老遠仍看得見牠停在西爾弗的手腕上。過沒多久，小艇便駛離大船，划向岸邊。

對了，
是那隻鸚鵡！

此時，夕陽沉沒到望遠鏡山後面，天色逐漸暗了下來。如果我想在今天晚上找到小船，就不能再浪費時間了。

距離沙洲大約還有兩百公尺，我看見遠處的白色岩石露出灌木叢頂端。等我摸到粗糙的岩石表面，天已經快黑了。班・岡恩的船就在那裡。真的是他親手做的呢……

船身用堅硬的木頭胡亂拼湊而成，

上面裹著山羊皮，有毛的那一面朝內。

船小得可憐，連我坐進去都會覺得太小，

不過它重量非常輕，很容易搬動。

完全不是我想像的那種漂亮的小船……

小船找到後，我腦海中又閃過一個念頭。

我坐下來等待黑夜降臨，吃了一大堆乾麵包。

最後一道日光漸漸消失後，深沉的黑暗籠罩著整個金銀島。我扛起小船，摸黑走出窪地。我涉水走過一片狹長的沙地，小腿陷進溼軟的沙子裡好幾次。最後我終於到了海邊，海水正在退潮。我把小船放到海面上。

咚！

第十九章

潮水急退

伊斯帕尼奧拉號就像比夜晚更
黝黑的一塊墨水漬，隱約出現在我
眼前。我划著小船靠近，抓住大船
的錨繩。錨繩就像弓弦
一樣緊繃，只要我用航
海刀一砍，大船就會隨
著潮水漂走……

錨繩
一種很粗的繩子

弓弦
弓箭用的細線

航海刀
一種大刀

不要再問啦！

我掏出航海刀，
用牙齒咬開折疊的刀刃，
把繩索一股一股割斷，
直到剩下最後
兩股繩線繫著船身。

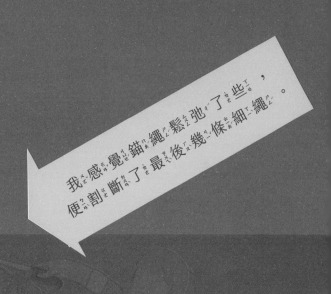

我感覺錨繩鬆弛了些，
便割斷了最後幾條細繩。

割！

沒想到，小船突然向一邊傾斜。

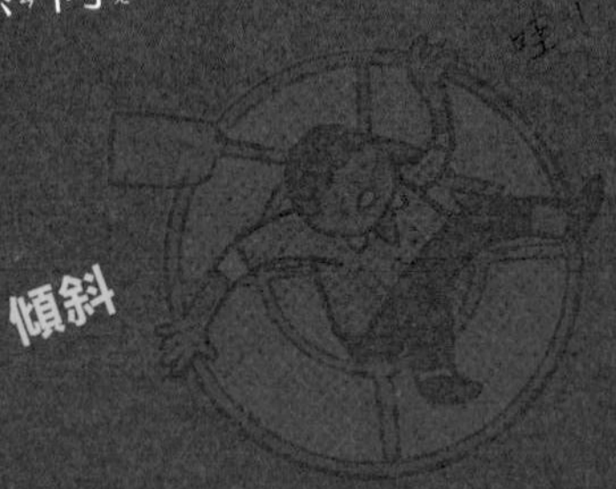

嘩！

傾斜

我急忙回頭看，嚇得心臟差點跳出胸口。

海流不停改變方向

整艘小船轉來轉去了。

流向寬廣的大海。

水流打轉，奔往狹窄的海口，

我躺下來，緊貼著這小破船的底部。

我沒辦法眼睜睜看著自己的生命走向盡頭。

我就這樣躺了好幾個小時，不知道接下來該怎麼辦才好。

疲倦慢慢爬上我的眼皮。在波濤洶湧之中，我躺在小船裡沉沉睡去，夢見了家鄉和班波將軍旅店。

我醒來時已經是大白天了。我發現自己漂到金銀島的西南端。

太陽已然升起，只是被高聳的望遠鏡山擋住。陡峭的山壁向下延伸，直至海面之下。

浪花在落石間劇烈翻騰。我可以想見自己如果被大浪拍擊，會撞死在這凹凹凸凸的岩岸上。而如果我試著爬上險峻的峭壁，最後只會力氣用盡，然後摔下來。

不只這樣，我還看到一群巨大的溼溼黏黏的怪物！牠們的叫聲在岩石間迴盪。

歡迎來到
金銀島
西南端

嗷！我們是海獅啦！

嗷！

我決定試著划槳。雖然這麼做又累又慢，但確實有效果。我的確開始往前移動，離岸邊愈來愈近。

我看見陰涼的綠樹
在微風中輕搖枝椏。

我渴得要命。頭頂上的豔陽，加上海上刺眼的粼粼波光，還有海水在嘴脣上乾掉後留下的一層鹽巴……這一切讓我的喉嚨一陣灼熱，頭也發疼。眼看樹林越來越近，我也越來越焦急。我多麼渴望能夠趕快上岸。

口渴

飢餓

我看到伊-斯-帕尼奧拉號在前面航行，距離我不到八百公尺。我不曉得該怎麼辦，只能呆呆望著那艘大帆船。

往左、往右，

往前、往後，

往北，

往南。

往東、往西，

伊-斯-帕尼-奧拉號在海面上橫衝直撞，亂繞一通。

我這才明白根本沒有人在掌舵。如果真是這樣，那海盜跑哪去了？要是我能上船，或許就能把船開回去還給船長了。

我開始拚命划，想追上無人掌舵的伊-斯-帕尼-奧拉號。我的心跳得飛快，像隻小鳥拍動著翅膀。漸漸的，我習慣了划船的動作，順利引導小船在波浪間穿梭，只是偶爾有些水花和泡沫濺到臉上。

就在我離伊斯帕尼奧拉號不到九十公尺時，海上颳起大風，從大船左側把帆吹得鼓起來。船身又開始漂行，像隻燕子俯衝而下，掠過水面。

伊斯帕尼奧拉號開始掉轉船身，船側慢慢向我靠近。我們之間的距離先是縮短了一半，再來三分之二，最後少了四分之三，近到我都能看見白色浪花在船頭底下翻騰。我從小船上仰望著大船，它看起來巨大無比。

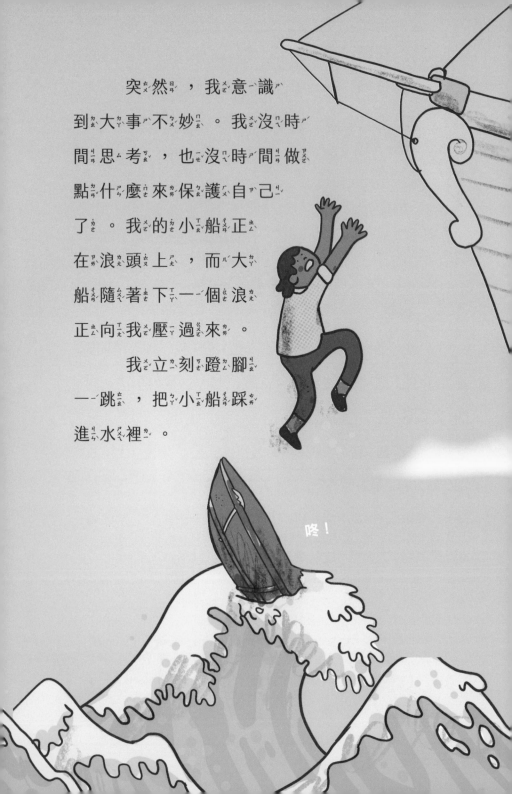

突然，我意識到大事不妙。我沒時間思考，也沒時間做點什麼來保護自己了。我的小船正在浪頭上，而大船隨著下一個浪正向我壓過來。

我立刻蹬腳一跳，把小船踩進水裡。

咚！

我一手抓住船桅，

一腳卡在支索和轉帆索之間。

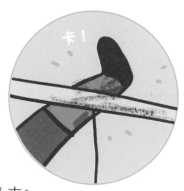

這時，底下傳來一聲低沉的撞擊聲。是小船被大船撞沉的聲音。我無路可退，只能留在大船上了。

小船沉下去的聲音！

↓

第二十章

我降下了海盜旗

甲板上有許多腳印，還有一個空酒瓶在排水口旁邊滾來滾去，好像什麼生物似的。

船上只有兩個負責看守的人。

真的死了

一個躺在甲板上，身體僵硬，像一支木棒。他手臂攤開，嘴巴微微張開，露出牙齒。

應該沒死

另一個是伊薩列‧漢茲，他的臉就跟蠟燭一樣白。

顏色一樣 ➡

帆船不斷橫衝直撞，像一匹野馬。我發現甲板上有不少深色的血跡，猜想那兩人應該是醉酒後氣瘋了所以自相殘殺。

　　這時，伊薩列・漢茲稍微轉身，低聲呻吟，好不容易擠出一個字……

「白蘭地。」

　　我東翻西找，終於幫他找到一個酒瓶，裡面還有一點白蘭地。我也替自己找到了

一些餅乾、

醃漬水果、

一大堆葡萄乾

和一塊乳酪。

漢茲灌了幾口酒，把酒瓶從嘴邊移開。「你從哪冒出來的？」

「這個嘛，」我說，「在沒接到進一步指示前，請把我當作船長。」

他狠狠瞪我一眼，卻什麼也沒說。我跑到旗杆旁，降下那面可惡的黑色海盜旗，把它丟進海裡。

英國萬歲！

我揮揮帽子大喊。

西爾弗船長下地獄吧！

嘩啦！

漢茲緊盯著我，一臉狡猾。

霍金斯船長，我猜你應該想靠岸吧？

也許我們可以商量一下。

連站都站不起來

「哦，好啊，」我答道，「我洗耳恭聽。」

「如果你給我食物和飲料，再拿條舊圍巾或手帕讓我包紮傷口，我就告訴你怎麼開船。」

我們立刻達成協議。

不到三分鐘，我就讓伊斯帕尼奧拉號平穩的沿著金銀島海岸順風航行。我綁好舵柄，走進船艙，從我的行李箱裡拿出媽媽柔軟的絲質手帕。漢茲用手帕把大腿上還在流血的刀傷包紮起來。他的身體狀況漸漸好轉。

就是這樣，
你要把舵柄給握好了……

微風幫了我們很大的忙。伊斯帕尼奧拉號像鳥兒般乘著風輕快前行，海岸的風景從我們眼前快速飛掠。過沒多久，船就繞過了島嶼北端的山丘。

我很滿意自己的表現。明媚的風光和晴朗的天氣讓我心情很好。

現在我有充足的水和美味的食物，先前因為拋下其他夥伴、不告而別的愧疚感也減輕了不少。此刻的我心滿意足。

吉姆情緒量表

口渴

飢餓

滿足感

第二十一章
伊薩列・漢茲

風開始向西吹。這樣我們就能輕鬆從島嶼東北角駛進北灣了。

漢茲終於開口，

船長，

吉姆，要是你能幫我拿瓶葡萄酒就太好了。

白蘭地太烈，我的頭開始痛了。

很明顯，他想把我從甲板上支開。他臉上一直掛著微笑，還吐了吐舌頭，裝出一副不好意思的樣子，連小孩都看得出他心懷鬼胎。

快去吧，吉姆。
幫我拿杯別的飲料，
可以吧？

我不是想
趕你走啦！
真的是因為這
瓶酒太烈了！

「好吧，」我回答。「我去拿紅酒給你。」

我快步走下升降口，故意弄出很大的聲響，接著脫下鞋子，悄悄跑向走廊，爬上船頭甲板的梯子，探頭往外看。

他想幹嘛？

他離開原本的位置，手腳並用的往前爬。

輕快的
口哨聲

不到三十秒，他就爬到盤起來的繩堆旁邊，從裡面翻出一把血跡斑斑的匕首。

啊哈！

驚！

他迅速把刀藏進外套裡，然後爬回甲板上他之前靠牆坐的位置。

還繼續
吹口哨

顯然他想要除掉我。不過有一件事我確定自己能相信他，那就是我們都想把船開到能遮風避雨的地方，安全靠岸。在那之前，我想他還是會留著我的命。

我隨便拿了一瓶葡萄酒，走回甲板上。

我來到漢茲跟前，他抬頭看了我一眼，敲碎酒瓶的瓶頸，喝了好大一口酒。

霍金斯船長，你只要聽我的指示，我們就能趕快把船開進北灣。

接下來的路程必須小心航行。我們左彎右拐，東躲西閃，擦過一片片淺灘，穩定而靈巧的前進，狀況看起來還不錯。

好了，

漢茲說，

你看那裡，那邊是個停船的好地方。

沙地平坦，水面平靜，而且周圍還有花草和樹林。

平坦的沙地

沒有風

花草和樹林

我拚命轉舵，伊‑斯帕尼奧拉號猛的急轉彎，衝向長滿樹木的低岸。

我完全忘了自己的處境有多危險。要不是我心裡突然湧起一股不安，立刻轉頭，我可能已經死了，根本來不及反抗……

漢茲朝我逼近，

右手拿著匕首。

喝啊——

他拿著什麼！

我們彼此都放聲大叫。我放開舵柄，舵柄反彈打中了漢茲的胸口，讓他痛到無法動彈，我就這樣救了自己一命。

啊！

撞！

他儘管受傷了，動作
還是快得驚人。

他作勢出擊，但只是
幾個假動作，　　　我也跟著他的動
作閃躲。

刺！

揮！　砍！

躲！

閃！　閃！　避開！

我以前常在老家黑丘灣的岩石
間玩類似這種遊戲，只是不像現在
這麼驚心動魄。我覺得自己應該贏
得了一個腿上有傷的老水手。

忽然之間，
伊斯帕尼奧拉號
猛的一震，搖搖晃晃的，
衝上沙地，船身開始傾斜，
直到斜了四十五度才停下來。

我和漢茲一時失去平衡。
說時遲，那時快，我跳上後桅的繩梯，
兩手交替著往上爬，一直爬到桅杆
頂端的橫木，才坐下來喘口氣。

這次多虧我手腳
敏捷，才能及時脫身。
漢茲站在下面張大嘴巴，
目瞪口呆的抬頭望著我，
看起來就像一座
表情驚訝又失望的雕像。

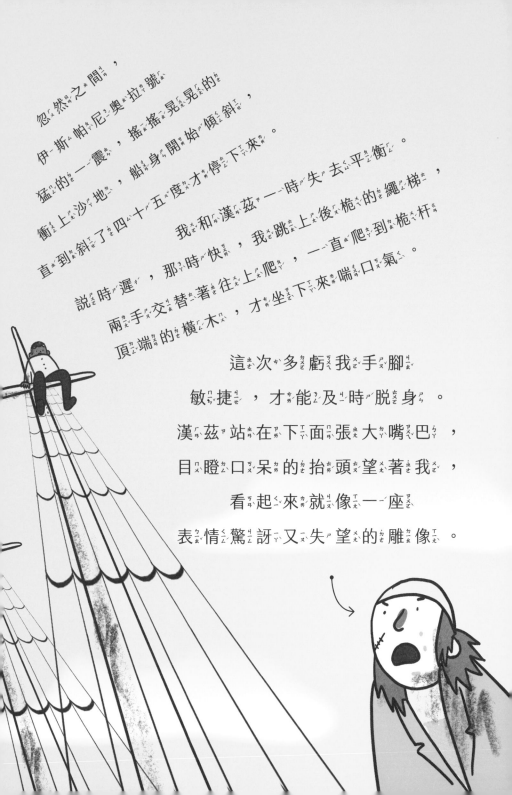

我馬上掏出口袋裡的手槍。漢茲咬著匕首，使勁爬上繩梯。

再往上爬一步，

我說，

我就轟爛你的腦袋！

漢茲立刻停了下來。為了開口說話，他拿出嘴裡的匕首，但不再亂動。

正當我揚起笑容，漢茲忽然右手一揮，擲出匕首。

丟！

我的肩膀一陣劇痛，我被釘在桅杆上了。就在這一刻，我又痛又驚恐，兩把手槍都開了槍，然後從我手中掉了下去。

不過，掉下去的不只有手槍。漢茲的叫喊像是哽在了喉嚨。他一頭栽進水裡。

砰！

哎喲！

砰！

嘩啦！

第二十二章

西班牙銀幣

　　漢茲一一度浮上水面，周圍的泡沫染著鮮血，接著就沉到海底，再也沒出現。海面歸於平靜後，我看到他蜷著身子，躺在乾淨又明亮的沙地上，被船的陰影籠罩。

溫熱的血從我的背和胸口流下來。把我釘在桅杆上的匕首像燒紅的鐵一樣灼燙。

一開始我想拔出匕首，可是我緊張到渾身顫抖，只好打消這個念頭。奇怪的是，這一抖幫了我一個大忙。匕首本來就只刺到一點皮肉，而身體一抖剛好撕掉了那層皮。我終於自由了，只剩下外套和上衣釘在桅杆上。我使勁一扭，把衣服扯了下來。

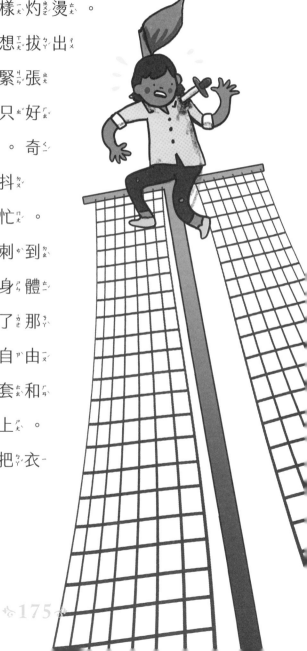

我走下船艙，想辦法處理傷口。這艘船現在是我的了。我開始思考怎麼弄走最後一位乘客——那個死掉的傢伙。

我抓住他的腰，拖著他像在拖一袋麵粉，接著用力一甩，把他丟下船。

他撲通一聲沉入水中，那頂紅帽子從頭上掉了下來。

他頂著禿頭躺在海底，

身旁有一群小魚快速游來游去。

現在船上只剩我一個人了。傍晚的微風開始吹拂；船繩微微震顫，發出細小的聲音；閒置的船帆不斷拍動。

我察覺如果就這樣放著不管，大船可能會出事。我掏出刀子割斷升降索，桅杆的帆頂落了下來，一大片鬆垮的風帆漂浮在水面上。接下來，伊斯帕尼奧拉號的去向就得靠運氣了，就跟我一樣。

我小心翼翼的翻到船外。水深只到我的腰。我拋下歪倒在一旁的伊斯帕尼奧拉號，愉快的涉水向岸邊走去。

我總算離開大海重返陸地了。船就停在那裡，上面沒有了海盜，我們一行人隨時都能再上船出海。

我恨不得快點回到木屋，向大家誇耀我的成就。

★★★★★★ 我 的 成 就 ★★★★★★

我可能會因為擅自離開被臭罵一頓，但我希望就連史莫列特船長都會認同我的成就，說我並沒有浪費時間。

我懷著愉悅的心情一邊想，一邊向夥伴們的木屋走去。

夜色越來越深，
我只能大致判斷方位，
摸黑朝目的地前進。
天上掛著幾顆星星，
發出黯淡的星光。
我在低地上緩慢前行，
一直被樹叢絆倒，
還跌進沙坑。
這時，一道亮光忽然灑下，
我看見一大片銀色從樹林低處
緩緩升起，原來是月亮。
有了月光的幫忙，
接下來的路我走得很快，
有時候乾脆用跑的。
我想快點回到木屋。

前面的樹林閃著一種不同於月光的顏色。那是紅色的光，感覺很熱，而且忽明忽暗，彷彿營火悶燃的餘燼。

我完全摸不著頭緒。

最後我終於來到柵欄外。木屋落在黑影裡，一道道的銀色月光與黑影交織在一起。

出版社的小叮嚀

這本書只有用藍色和黑色印刷，所以請發揮你的想像力，想像一下紅色的光！

屋子另一頭的大堆柴火燒到只剩下了灰燼。周遭一個人也沒有。除了風聲之外，一片寂靜。

我停下腳步。用了這麼多的柴火可不像是我們會做的事！我開始擔心，在我不在的這段時間裡是不是出了什麼事。

我盡量躲在陰影裡，從東邊悄悄靠近。一走近木屋，我立刻放下心中的大石。雖然不是什麼悅耳的聲音，但聽到我那群朋友大聲打呼，睡得香甜，對我來說就像是美妙的音樂。

呼，鬆一口氣

ZZZZ

ZZZZ

ZZZZZ

我走到門口，屋裡一片漆黑。除了規律的鼾聲，不時還有一些細碎的聲響，聽起來像某種鳥類在拍動翅膀和啄東西吃。我感到很困惑。突然間，黑暗中傳來一聲刺耳的尖叫：

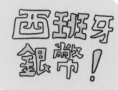

是西爾弗的那隻綠鸚鵡，弗林特船長！

我還來不及反應，那些睡著的人就紛紛驚醒，跳了起來。西爾弗狠狠咒罵一句，然後大喊：

是誰？

第二十三章

身陷敵營

火把的紅色火光照亮四周，看樣子海盜已經掌控了整個木屋和所有物資。最讓我震驚的是，眼前完全沒有俘虜的身影……

看樣子我的同伴全都遇害了。

屋裡一共有六個海盜。其中一人躺在地上，用手肘撐起身體，臉色慘白，頭上沾血的繃帶顯示出他最近剛受傷。其他人都站了起來。

鸚鵡停在西爾弗的肩膀上，用鳥喙打理羽毛。

哎呀，他說，

是吉姆·霍金斯啦！

我第一眼看到你，就知道你是個聰明的孩子。

嚇死我了！

你從哪冒出來的啊？

我站在那裡盯著他的臉看，內心卻滿是絕望。西爾弗抽了幾口菸。

我一直很喜歡你，真的。你沒辦法回去你原本的陣營了，他們不會歡迎你。你還是加入我們這邊吧。

聽到他這麼說，我並沒有感到沮喪，反而鬆一口氣。看來我的朋友都還活著。「好吧，」我膽子大了起來，「既然要我選，我就有權知道你們為什麼在這裡，還有我朋友他們在哪裡。」

吉姆情緒量表

安心（因為朋友還活著）

壓力（因為面對海盜）

「霍金斯，昨天早上，」他說，「利佛西醫生帶著休戰旗來找我們。他說：『西爾弗船長，你被出賣了。大船不見了。』我們一看，天哪，船居然消失了！於是我跟他談條件，最後木屋歸我們。至於他們，我不知道在哪。」

「那我現在就要決定嗎？」

「對，現在。」西爾弗說。

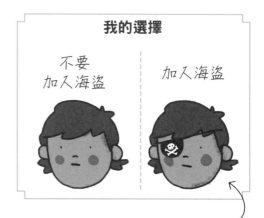

我的選擇

不要加入海盜　　加入海盜

說真的，我這樣看起來有點酷

「好吧，我告訴你，」我說，
「你們的計畫全毀了，如果你想知道
是誰幹的 —— 就是我！

發現陸地的那天晚上，
我剛好在蘋果桶裡
聽見你說的話。

後來就是我
割斷錨繩，

殺了留守
大船的人，

還把船開到
你們永遠找不到
的地方。

在我眼中，你們就像
蒼蠅一樣，我才不怕！」

要殺我還是放我走，隨便你們。

要是放了我，我就既往不咎，將來你們若是因為海盜罪受審，我會盡量幫你們說話，救你們的命。好了，現在換你們選了。

海盜們像群綿羊坐在那裡，睜大眼睛望著我。

「哼，受死吧！」摩根惡聲咒罵，跳起來拔出刀子。

「住手！」西爾弗喊道。「敢跟我作對的人都沒有好下場，湯姆・摩根。」

摩根停下動作，其他海盜卻啞著嗓子低聲抱怨。

「湯姆沒有錯。」

一個人說。

諸位有什麼話就當著我的面講清楚！

西爾弗大吼。

我喜歡那孩子，我從沒見過比他更厲害的孩子。

他比你們這些鼠輩強多了。

　　西爾弗靠回牆壁。他像是在教堂裡一樣平靜，但雙眼始終盯著他那些難管教的手下。

　　「不好意思，老大，」其中一個人開口，「我要行使我的權利，帶大家到外面討論一下。」

這人身形高大，其貌不揚，有著泛黃的眼睛。他恭敬的行了一個水手禮，走到屋外。其他人紛紛跟在他後面，每個人經過西爾弗時都會敬禮，向他表示歉意。他們全都走到外面，只在屋裡留下一支火把給我和西爾弗。

西爾弗立刻從嘴裡拿出菸斗。

「聽好了，吉姆‧霍金斯，」他冷靜的說，聲音輕得我只能勉強聽見，「你現在要面臨生死關頭。他們不打算聽我的了。但我還是告訴自己，約翰，你幫霍金斯，霍金斯也會幫你。我會想盡辦法不讓你落入他們手中，不過 —— 吉姆，要知恩圖報，別讓我上絞刑臺啊。」

協議

我（長腿約翰‧西爾弗）
會把你（吉姆‧霍金斯）
從海盜手中救出來。
你（吉姆‧霍金斯）
要讓我（長腿約翰）
不會因為當海盜被判絞刑。

我聽得一頭霧水。他的要求似乎沒什麼希望啊！

「我會盡力。」我回答。

一言為定！ 西爾弗喊道。

你真有膽量。我有希望啦！

第二十四章

黑點又出現

「他們來了。」我說。

「好，讓他們來吧，孩子，」西爾弗一派輕鬆的說。「我還有最後一張底牌。」

木屋的門打開，海盜們推派一人走上前，遞給他一張東西。

「黑點！我就知道。」西爾弗看著手裡的東西說。

「船員們決定要給你黑點。」那個高大的黃眼睛男子開口。

好ㄏㄠˇ了ㄌㄜ，
你ㄋㄧˇ玩ㄨㄢˊ完ㄨㄢˊ了ㄌㄜ，

喬ㄑㄧㄠˊ治ㄓˋ說ㄕㄨㄛ，

你ㄋㄧˇ得ㄉㄟˇ從ㄘㄨㄥˊ木ㄇㄨˋ桶ㄊㄨㄥˇ上ㄕㄤˋ
下ㄒㄧㄚˋ來ㄌㄞˊ，換ㄏㄨㄢˋ人ㄖㄣˊ當ㄉㄤ
老ㄌㄠˇ大ㄉㄚˋ了ㄌㄜ。

「我ㄨㄛˇ還ㄏㄞˊ以ㄧˇ為ㄨㄟˊ你ㄋㄧˇ們ㄇㄣ懂ㄉㄨㄥˇ規ㄍㄨㄟ矩ㄐㄩˇ咧ㄌㄝ，」
西ㄒㄧ爾ㄦˇ弗ㄈㄨˊ輕ㄑㄧㄥ蔑ㄇㄧㄝˋ的ㄉㄜ說ㄕㄨㄛ。

你ㄋㄧˇ們ㄇㄣ的ㄉㄜ黑ㄏㄟ點ㄉㄧㄢˇ
一ㄧˋ點ㄉㄧㄢˇ屁ㄆㄧˋ用ㄩㄥˋ
也ㄧㄝˇ沒ㄇㄟˊ有ㄧㄡˇ。
為ㄨㄟˋ什ㄕㄣˊ麼ㄇㄜ？

我ㄨㄛˇ懶ㄌㄢˇ得ㄉㄜ跟ㄍㄣ你ㄋㄧˇ們ㄇㄣ
解ㄐㄧㄝˇ釋ㄕˋ。你ㄋㄧˇ們ㄇㄣ
自ㄗˋ己ㄐㄧˇ看ㄎㄢˋ──
這ㄓㄜˋ就ㄐㄧㄡˋ是ㄕˋ原ㄩㄢˊ因ㄧㄣ！

西ㄒㄧ爾ㄦˇ弗ㄈㄨˊ把ㄅㄚˇ一ㄧˋ張ㄓㄤ紙ㄓˇ丟ㄉㄧㄡ在ㄗㄞˋ地ㄉㄧˋ上ㄕㄤˋ，我ㄨㄛˇ
立ㄌㄧˋ刻ㄎㄜˋ就ㄐㄧㄡˋ認ㄖㄣˋ出ㄔㄨ那ㄋㄚˋ張ㄓㄤ黃ㄏㄨㄤˊ色ㄙㄜˋ的ㄉㄜ紙ㄓˇ是ㄕˋ什ㄕㄣˊ麼ㄇㄜ
──是ㄕˋ上ㄕㄤˋ面ㄇㄧㄢˋ有ㄧㄡˇ紅ㄏㄨㄥˊ色ㄙㄜˋ叉ㄔㄚ
叉ㄔㄚ的ㄉㄜ那ㄋㄚˋ張ㄓㄤ藏ㄘㄤˊ寶ㄅㄠˇ圖ㄊㄨˊ。
我ㄨㄛˇ不ㄅㄨˋ懂ㄉㄨㄥˇ醫ㄧ生ㄕㄥ為ㄨㄟˋ什ㄕㄣˊ
麼ㄇㄜ要ㄧㄠˋ把ㄅㄚˇ藏ㄘㄤˊ寶ㄅㄠˇ圖ㄊㄨˊ給ㄍㄟˇ他ㄊㄚ。

天啊，是地圖！

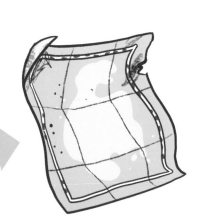

海盜們像一群爭奪老鼠的貓，同時撲向藏寶圖。

「你們把到手的船弄丟了，我卻找到了寶藏，」西爾弗說，「哈！現在我要退出啦！你們愛選誰當船長就選誰，我受夠了。」

搶奪老鼠的

西爾弗！

他們大聲嚷嚷，

烤肉王萬歲！
烤肉王當船長！

烤肉王！
NO.1

他們又喜歡
西爾弗啦？

「這才像話嘛！」西爾弗喊道，「算你們走運，我不是個愛記仇的人。好啦，兄弟們，那這個黑點呢？沒用了對吧？」

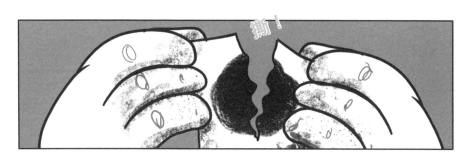

當晚的騷動就這樣畫下句點。大家喝了一輪酒，沒多久就躺下來呼呼大睡。

我有好一陣子都無法闔眼。西爾弗大聲打呼，睡得很沉。雖然他是個大壞蛋，但一想到他的處境這麼危險，等待他的又是上絞架這種丟臉的下場，我就忍不住為他感到難過。

第二十五章

逃跑的機會

樹林邊緣傳來一陣爽朗的說話聲，驚醒了我。「嘿，木屋裡的大家！醫生來囉！」

真的是醫生。雖然聽到他的聲音讓我很開心，但我覺得好羞愧，不敢去看他的臉。

「早啊，醫生！」西爾弗大聲打招呼。「我們有個大驚喜要給你。嘿嘿，我們有個小客人啦！」

不會是吉姆吧？

吉姆該不會加入海盜了吧？

正是吉姆本人。

西爾弗說。

醫生立刻停下腳步。

「好，好，」他終於開口。「先做正事，等等再敘舊，西爾弗。我們先看看傷患的情況吧。」

「你恢復得不錯，朋友，」醫生對那個頭上纏著繃帶的人說，「你的腦袋想必跟鐵一樣硬。各位，他有吃藥嗎？」

「他不太舒服，先生。」一個人說。

是嗎？醫生說。

哎，他這種情況會舒服才怪呢！

「好了，」醫生替他們開藥。那群傢伙乖得跟小學生一樣，一點也不像殺人不眨眼的海盜和叛亂者。「今天的事都處理完了。」

現在請讓我跟吉姆聊聊吧！

西爾弗用空出來的那隻手敲敲木桶。「霍金斯，你願意用人格擔保，像個年輕紳士那樣發誓，你絕對不會逃跑嗎？」

我立刻一口答應。

我絕對不會逃走，我保證！

「那好，醫生，你先退到圍籬外面，」西爾弗說，「你退出去後，我就會把這孩子帶過去。」

西ㄒㄧ爾ㄦ弗ㄈㄨ叫ㄐㄧㄠ手ㄕㄡ下ㄒㄧㄚ點ㄉㄧㄢ燃ㄖㄢ火ㄏㄨㄛ堆ㄉㄨㄟ，然ㄖㄢ後ㄏㄡ
一ㄧ手ㄕㄡ拄ㄓㄨ著ㄓㄜ拐ㄍㄨㄞ杖ㄓㄤ，一ㄧ手ㄕㄡ扶ㄈㄨ著ㄓㄜ我ㄨㄛ的ㄉㄜ肩ㄐㄧㄢ膀ㄅㄤ
走ㄗㄡ出ㄔㄨ去ㄑㄩ。

慢ㄇㄢ點ㄉㄧㄢ，孩ㄏㄞ子ㄗ，慢ㄇㄢ點ㄉㄧㄢ，他ㄊㄚ說ㄕㄨㄛ，

要ㄧㄠ是ㄕ他ㄊㄚ們ㄇㄣ發ㄈㄚ現ㄒㄧㄢ我ㄨㄛ們ㄇㄣ很ㄏㄣ急ㄐㄧ，馬ㄇㄚ上ㄕㄤ就ㄐㄧㄡ會ㄏㄨㄟ衝ㄔㄨㄥ過ㄍㄨㄛ來ㄌㄞ。

我ㄨㄛ們ㄇㄣ小ㄒㄧㄠ心ㄒㄧㄣ翼ㄧ翼ㄧ穿ㄔㄨㄢ過ㄍㄨㄛ沙ㄕㄚ地ㄉㄧ，一ㄧ走ㄗㄡ
到ㄉㄠ其ㄑㄧ他ㄊㄚ海ㄏㄞ盜ㄉㄠ聽ㄊㄧㄥ不ㄅㄨ到ㄉㄠ的ㄉㄜ地ㄉㄧ方ㄈㄤ，西ㄒㄧ爾ㄦ弗ㄈㄨ
便ㄅㄧㄢ停ㄊㄧㄥ下ㄒㄧㄚ腳ㄐㄧㄠ步ㄅㄨ。

「醫ㄧ生ㄕㄥ，請ㄑㄧㄥ你ㄋㄧ聽ㄊㄧㄥ好ㄏㄠ了ㄌㄜ，」他ㄊㄚ

說，「這孩子會告訴你，我是怎麼救了他的命。醫生，你看，像我這樣豁出性命的人，幫我說幾句好話應該不過分吧？」

「約翰，你該不會是害怕了吧？」利佛西醫生問道。

「醫生，我不是孬種，但我真的很怕絞刑。你是個好人，我從沒見過比你更好的人了！請一定記住我做過的好事。你看，我現在就退到旁邊，讓你跟吉姆單獨聊聊。」

說完他就後退幾步，走到聽不見我們說話的地方。

「唉，吉姆，」醫生難過的說，「我實在不忍心責怪你。」

我的眼淚流了下來。

對不起，醫生！但西爾弗說的是真的，他救了我的命！

醫-生ㄕㄥ，　　我ㄨㄛˇ說ㄕㄨㄛ，

我ㄨㄛˇ已ㄧˇ經ㄐㄧㄥ很ㄏㄣˇ自ㄗˋ責ㄗㄜˊ了ㄌㄜ，我ㄨㄛˇ這ㄓㄜˋ條ㄊㄧㄠˊ命ㄇㄧㄥˋ本ㄅㄣˇ來ㄌㄞˊ保ㄅㄠˇ不ㄅㄨˊ住ㄓㄨˋ，要ㄧㄠˋ不ㄅㄨˊ是ㄕˋ西ㄒㄧ爾ㄦˇ弗ㄈㄨˊ跳ㄊㄧㄠˋ出ㄔㄨ來ㄌㄞˊ幫ㄅㄤ我ㄨㄛˇ，我ㄨㄛˇ早ㄗㄠˇ就ㄐㄧㄡˋ死ㄙˇ了ㄌㄜ。

　　「吉ㄐㄧˊ姆ㄇㄨˇ，」醫-生ㄕㄥ突ㄊㄨˊ然ㄖㄢˊ打ㄉㄚˇ岔ㄔㄚˋ。「快ㄎㄨㄞˋ跳ㄊㄧㄠˋ出ㄔㄨ來ㄌㄞˊ！只ㄓˇ要ㄧㄠˋ你ㄋㄧˇ跳ㄊㄧㄠˋ過ㄍㄨㄛˋ柵ㄓㄚˋ欄ㄌㄢˊ，我ㄨㄛˇ們ㄇㄣˊ就ㄐㄧㄡˋ可ㄎㄜˇ以ㄧˇ跑ㄆㄠˇ得ㄉㄜ像ㄒㄧㄤˋ羚ㄌㄧㄥˊ羊ㄧㄤˊ一ㄧˊ樣ㄧㄤˋ快ㄎㄨㄞˋ。」　羚羊→

　　「不ㄅㄨˋ行ㄒㄧㄥˊ，」我ㄨㄛˇ回ㄏㄨㄟˊ答ㄉㄚˊ。「西ㄒㄧ爾ㄦˇ弗ㄈㄨˊ信ㄒㄧㄣˋ任ㄖㄣˋ我ㄨㄛˇ，我ㄨㄛˇ也ㄧㄝˇ答ㄉㄚˊ應ㄧㄥ過ㄍㄨㄛˋ他ㄊㄚ。不ㄅㄨˊ過ㄍㄨㄛˋ，醫-生ㄕㄥ，我ㄨㄛˇ話ㄏㄨㄚˋ還ㄏㄞˊ沒ㄇㄟˊ說ㄕㄨㄛ完ㄨㄢˊ。我ㄨㄛˇ搶ㄑㄧㄤˇ到ㄉㄠˋ船ㄔㄨㄢˊ了ㄌㄜ，就ㄐㄧㄡˋ停ㄊㄧㄥˊ在ㄗㄞˋ北ㄅㄟˇ灣ㄨㄢˉ南ㄋㄢˊ邊ㄅㄧㄢ的ㄉㄜ沙ㄕㄚ灘ㄊㄢ上ㄕㄤˋ。」

　　我ㄨㄛˇ快ㄎㄨㄞˋ速ㄙㄨˋ講ㄐㄧㄤˇ了ㄌㄜ我ㄨㄛˇ這ㄓㄜˋ次ㄘˋ的ㄉㄜ冒ㄇㄠˋ險ㄒㄧㄢˇ。

「感覺就像命中注定，」醫生聽我說完後嘆道，「每次都是你救了我們的命。你不但發現他們的詭計，還找到班・岡恩——哦，天啊，講到班・岡恩！西爾弗！」他大喊，「給你一個建議，別急著去找寶藏！」

為什麼？

為了保住我和這孩子的命，我必須去尋寶的呀！

西爾弗問道。

「好吧，西爾弗，」醫生回答。「既然如此，你找到寶藏時得注意尖叫聲。我也給你一點希望——如果我們都能活著離開這個鬼地方，我一定會盡力救你，讓你不用絞刑。」

西T爾ㄦ弗ㄈ頓ㄉ時ㄕ神ㄕ采ㄘ奕ㄧ奕ㄧ。

「讓ㄖ這ㄓ孩ㄏ子ㄗ待ㄉ在ㄗ你ㄋ身ㄕ邊ㄅ，寸ㄘ步ㄅ不ㄅ離ㄌ；如ㄖ果ㄍ需T要ㄧ幫ㄅ忙ㄇ就ㄐ大ㄉ叫ㄐ一ㄧ聲ㄕ。再ㄗ見ㄐ了ㄌ，吉ㄐ姆ㄇ。」

利ㄌ佛ㄈ西T醫ㄧ生ㄕ跟ㄍ我ㄨ握ㄨ了ㄌ握ㄨ手ㄕ，對ㄉ西T爾ㄦ弗ㄈ點ㄉ了ㄌ點ㄉ頭ㄊ，然ㄖ後ㄏ快ㄎ步ㄅ走ㄗ進ㄐ樹ㄕ林ㄌ裡ㄌ。

第二十六章
尋寶歷險——弗林特的指針

「吉姆，」西爾弗單獨和我說話，「我們必須彼此信任，互相依靠，這樣就算我們運氣再不好，也不至於丟了小命。」

這時，火堆旁的一個男人叫我們過去，說早餐準備好了。我們在沙地上坐下，吃著煎培根和乾麵包。

耶！吃早餐囉！

咦，等等……什麼？沒有麥片喔？

「哎，兄弟們，」西爾弗說，「你們真幸運，能有我這烤肉王為你們設想。」

沒錯，船在他們手上。

至於藏在哪裡，我還不清楚。不過我們找到寶藏之後也會很快找到船的。

各位，船一到手，我們就占上風啦！

他滔滔不絕的繼續說，嘴裡塞滿熱呼呼的培根。

等我們找到船和寶藏，回到海上後，我們再跟霍金斯先生談談，

好好答謝他幹下的好事。

海盜們心情大好，我卻非常沮喪。西爾弗現在兩邊陣營都拉攏，但他不太可能會為了逃過絞刑的一絲機會而站在我們這邊。他肯定會選擇跟海盜一起分享金銀財寶，逍遙法外。

西爾弗會怎麼選擇？

跟海盜在一起	加入好人陣營

自由自在，超有錢	很窮，還可能被吊死

我也不懂我的朋友為什麼要讓出木屋和藏寶圖，我更想不通為什麼醫生要提醒西爾弗「找到寶藏時得注意尖叫聲」。這樣你應該可以想像，我吃早餐時根本食之無味，跟這群海盜出發尋寶時又是多麼膽戰心驚。

不曉得醫生和
地主怎麼樣了？

啊！

醫生那句話是什麼意思？

他們為什麼要把
藏寶圖給西爾弗？

這三明治夾的
是什麼？

要是有人看到我們，一定會覺得我們很奇怪。西爾弗除了胸前和背後各掛了一把槍，腰間還懸著一把大彎刀，而且每個口袋都放了一把手槍。弗林特船長站在他肩頭，不停說著各種水手的行話。我順從的跟在西爾弗身後，腰上綁了一條繩子，看起來就像一隻馬戲團的雜耍熊。

其他人也都背著各式各樣的東西。有的人扛著鋤頭和鏟子；有的人背著午餐要吃的豬肉、麵包和白蘭地。我們就這樣帶著許多裝備出發，三三兩兩的走到海邊，有兩艘小船在那裡等著我們。

西班牙銀幣！

看來我是跑不了了……

他們開始討論地圖。紅色叉叉太大了，看不出確切的地點是哪裡，地圖背後的說明又很含糊：

望遠鏡山脊的大樹
位置在北北東偏北
骷髏島東南東偏東，ろ公尺

看來大樹就是我們要找的目標。高地頂端有一片繁茂的松樹林，有好幾棵樹都比周圍的樹高出十二到十五公尺。到底哪一棵才是藏寶圖上說的「大樹」？只能之後走到樹那裡用羅盤判斷了。

大家半路上就已經各自選出自己最喜歡的樹。

西爾弗覺得
是這棵

這棵也
很高耶

也有人
喜歡這棵

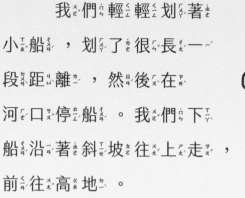

我們輕輕划著小船，划了很長一段距離，然後在河口停船。我們下船沿著斜坡往上走，前往高地。

那裡是整座島嶼最宜人的地方。草地上到處都是香氣濃郁的金雀花和盛開的灌木花叢。清新的空氣讓我們的精神為之一振。

海盜的隊伍散了開來，像一個扇形。大家跑跑跳跳，一邊大聲叫囂。西爾弗和我走在最後面，離其他人有段距離。我被繩索拉著，他則在滑落的礫石間開路。

快到高地頂端的時候，最前面的一個人彷彿受到什麼驚嚇，突然大叫一聲。

只見一棵高大的松樹下躺著一具骷髏，上面披著幾塊衣服的碎布。在場所有人都不寒而慄。

搞什麼？

哎，西爾弗說。

這骷髏的姿勢也太奇怪了吧！

　　那個死人躺得筆直，雙腳指向同一個方向，手則像跳水一樣舉起來高過頭頂，指向相反的方向。

　　「啊我這老糊塗，現在才看出端倪，」西爾弗說，「你們拿出羅盤，按這些骨頭的方向擺，測測看位置。」

　　海盜們照著他的話做。人骨的方向指向島嶼，羅盤上也顯示東南東偏東。

「哈，跟我想的一樣！」西爾弗大叫。「可是……唉！一想到弗林特，我就覺得心寒。這肯定是他的老把戲，絕對錯不了。」

弗林特船長
最殘暴的海盜
（請見第五章）

弗林特船長的經典老把戲

放屁墊

橡膠便便

骷髏箭頭

「他已經死了，」頭上纏著繃帶的男人說，「但如果這裡真的有鬼，那一定是弗林特的鬼魂！天啊，他死得可真慘！」

嗚～

弗林特的鬼魂？

「就是啊，」另一個人附和道，「〈十五條好漢〉是他唯一會唱的歌。說真的，從那之後我就一直很討厭這首歌。」

「好了，好了，」西爾弗插話。「別再說了。他已經死了，不會爬起來了，這點我確定。就算真的能爬起來，也不會在大白天出來遊蕩啦！我們往前走，找金幣去吧！」

海盜們不再到處亂跑，不再在樹林間大吼大叫。他們緊靠著彼此，講話也屏住呼吸，壓低聲音。

鬼魂白天都在睡覺

他們很怕那名死去的海盜頭子，

恐懼籠罩著他們的心。

第二十七章

樹林裡的聲音

一抵達高地頂端，大家便坐下來休息。我們歇腳的地方可以清楚看到島嶼兩側遼闊的景色。四周一片寂靜，只有遙遠的海浪聲和樹叢裡的蟲鳴聲。島上沒有人，海上也沒有船。

西爾弗看了看羅盤。

從骷髏島延伸出去的方向有三棵『大樹』。

現在要找到寶藏太容易了。

我看我們先吃點東西吧。

大樹1號　　大樹2號　　大樹3號

「我不想吃，」摩根嘀咕。「一想到弗林特就讓我沒胃口。」

「哎，是啊，小子，他死了算你幸運咧！」西爾弗說。

「他長得就像魔鬼，」另一個海盜嚷道。「老是鐵青著一張臉！」

就在這個時候，前面的樹林傳來尖銳而顫抖的歌聲，唱著我熟悉的歌：

亡靈棺上有
十五條好漢
喲吼吼，還有
一瓶蘭姆酒

我從沒見過有誰比這群海盜更驚恐，他們的臉像被施咒一樣瞬間失去血色。有的跳了起來，有的緊抓著身旁的人。

歌聲戛然而止，就跟歌聲響起時一樣突然。

「拜託，」西爾弗勉強擠出幾個字，嘴唇都發白了。「這樣下去不是辦法。我認不出那個聲音，但我敢說那是個有血有肉的活人，放心吧。」

這時，那個聲音再度出現。這一次不是唱歌，而是從遠方傳來的哀號，在望遠鏡山的山壁間迴盪：

達比・麥格洛 ——

達比・麥格洛！

達比・麥格洛！

達比，快拿蘭姆酒來！

海盜們睜大雙眼，像腳底生了根似的愣在原地，一動也不動。

那是弗林特死前最後說的話。

摩根小聲道。

西爾弗沒有退縮。雖然我聽見他的牙齒打顫，但他並未屈服。

「鬼魂？」他說。「聽好，鬼沒有影子對吧？那我倒想知道，鬼怎麼會有回聲？」

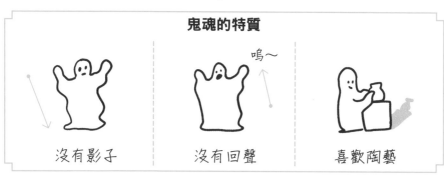

鬼魂的特質

| 沒有影子 | 沒有回聲 | 喜歡陶藝 |

「那是個活人的聲音，聽起來很像——天哪，是班·岡恩！」西爾弗大喊。

哼，沒人會把那傢伙放在眼裡，

不管他是死是活，都沒人在乎。

很神奇的，只是一瞬間，海盜們就恢復了原本的好心情。

高地頂端有一片開闊，走起來很輕鬆。我們見到第一棵大樹，方位顯示不是這棵。

但第二棵樹的方位也不對。

第三棵樹應該有六十第三棵樹應該有六十公尺高，紅褐色的樹幹覺得像一棟房子。島嶼東西兩岸都能清楚看見這棵樹，根本可以當成地標畫在航海地圖上了。

不過，海盜們現在關心的可不是樹有多高。他

們滿腦子想的都是埋在樹

蔭下七十萬英鎊的財寶。

這裡埋著
超多財寶！

我們會變得
超有錢！

　　西爾弗拄著拐杖一跛一跛的
走，嘴裡低聲咕噥，不時惡狠狠的
瞪我一眼。我知道，他一定想趕快
挖到寶藏，再趁晚上找到伊斯帕尼
奧拉號，然後把我們這些老實人殺
光。他會按照他一開始的計畫，自
己載著滿船財寶和罪孽航向大海。

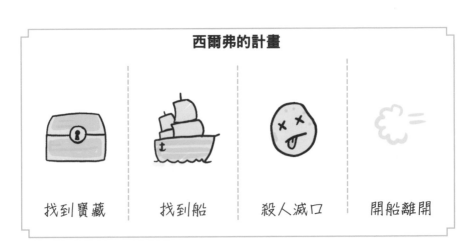

西爾弗的計畫

| 找到寶藏 | 找到船 | 殺人滅口 | 開船離開 |

我和西爾弗看見海盜們在前面不到十公尺的地方忽然停下，他們發出一陣低吼。西爾弗快步走了過去，但下一秒，我們都停下腳步。

　　眼前是一個大坑，裡面有一把鋤頭，握柄斷成兩半，旁邊散落著幾塊箱子的碎木板。我看見其中一塊木板上印著「海象號」三個字，那正是弗林特的船。

　　情況很明顯。寶藏已經被人挖走，七十萬英鎊飛了！

第二十八章

首領垮臺

世界上再沒有比這更讓人失望的事了。海盜們一陣錯愕，像是受到了很大的打擊。西爾弗倒是很快就恢復了鎮定。

他小聲道。

吉姆，

這給你。我們可能有麻煩了。

他遞給我一把雙管手槍。

我忍不住小聲說，

你又換邊站了！

海盜們爆出一陣咒罵，大叫著跳進坑裡，用手拚命扒土。摩根找到一枚金幣，他破口大罵。

什麼！才一枚金幣！

那是一枚英國金幣。硬幣在他們手中傳來傳去，傳了十幾秒。

跟大家期待的七十萬英鎊差蠻多……

繼續挖吧，小子，

西爾弗語氣冷靜而傲慢，

說不定還能挖到一些山核桃呢！

海盜們開始往洞口爬，不時轉頭怒視著我們。幸好他們全都從西爾弗對面那邊爬出去。

我們就這樣
站在那裡，

一邊兩人，

一邊四人，

中間隔著那個大洞。

糟了！

西爾弗拄著拐杖，挺直身子注
視著他們，看起來格外冷
靜。他的確是個勇敢的
人，這點無可否認。

害怕

但我就
不一樣了……

就在這個時候 ——

砰！　　砰！　　　　砰！

樹叢後面傳來三聲槍響。頭上包著繃帶的男子被打倒在地，剩下三個人立刻轉身逃跑。

與此同時，醫生和班・岡恩從肉豆蔻樹叢裡朝我們跑來，手上拿著冒煙的長槍。

快追！

醫生大喊。

我們得趕在他們前面把小船搶過來！

我們飛也似的奔向海邊，穿過許多及胸高的灌木叢。西爾弗在後面急著想追上我們。

「真是太感謝你了，醫生，」他說，「你來得正是時候，救了我和霍金斯的命。還有你，班・岡恩！」他補上一句。

被流放的水手一臉尷尬，像條鰻魚般扭動著身子。

沒錯，是我，班・岡恩，

你好嗎，西爾弗先生？

尷尬的鰻魚 →

醫生簡單描述了事情的
經過。故事的主人翁從頭
到尾都是班．岡恩。

班．岡恩
在島上閒
晃時發現
了寶藏。

他一個人挖
出寶藏。

接著把寶藏搬到島嶼另
一邊的洞穴裡藏好。

這些事都發生在伊
斯帕尼奧拉號來到
金銀島之前。

所以醫生才會把
藏寶圖給西爾
弗。那張圖已經
沒用了！

今天早上，醫生和班・岡恩要去大樹那邊看看情況。

班很快就穿過了島嶼，比醫生先到了大樹附近。

「達比・麥格洛！達比・麥格洛！達比・麥格洛！」

鬼叫聲

他決定去嚇嚇他以前那些船員夥伴。

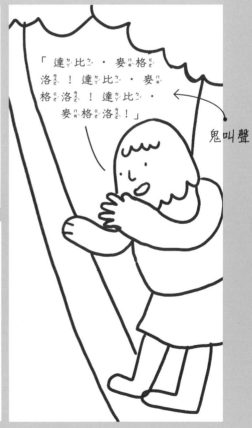

「啊，幸好霍金斯跟我在一起，」西爾弗說，「不然就算我被碎屍萬段，你也毫不在意吧，醫生。」

「當然。」醫生爽快的回答。

這時，我們已經來到兩艘小船停泊的地方。醫生砸毀了其中一艘船。我們坐上另一艘船航向北灣。

這段航程約十三到十五公里。西爾弗也跟我們一起划槳，小船輕快掠過平靜的海面。

經過雙峰丘時，可以看到班·岡恩藏寶的洞穴，還有一個人影站在漆黑的洞口旁邊。那是地主崔洛尼先生。我們對他揮揮手帕，歡呼了三聲。

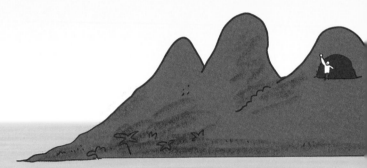

我們又划了將近五公里，一進入北灣海口，就看到伊‧斯帕尼奧拉號在海上漂流。看來上次漲潮把它帶離了淺灘。我們把另一個船錨拋入約三公尺深的水中，然後繞回了蘭姆灣，那裡最靠近班‧岡恩藏寶的地方。

　　從海灘到洞穴入口有一片和緩的斜坡。

約翰・西爾弗，地主開口了，

你這個大壞蛋，十惡不赦的大騙子！

他們要我不要告你，好，我就放你一馬。

不過，你害死了那麼多人，你一輩子都得受良心的譴責。

非常謝謝你，先生。

西爾弗又行了一個禮。

我們一行人走進山洞。洞裡的空間很寬敞，而且非常通風。地上都是沙子，還有一小池清澈的泉水。史莫列特船長躺在大火堆前。我看見遠處的角落堆著像小山一樣高的金塊和金幣。

　　那就是弗林特的寶藏。為了找到它，我們千里迢迢跑來這裡，還失去了十七名伊斯帕尼奧拉號的船員。

進來吧，吉姆，史莫列特船長說。

是你嗎，約翰·西爾弗？

什麼風把你吹來啦？

我回來當我的廚子呀，船長。

西爾弗回答。

船長只「喔」了一聲，什麼也沒說。

當天晚上，我和朋友一起吃了一頓豐盛美味的大餐。除了班‧岡恩的醃羊肉外，還有從伊斯帕尼奧拉號上拿來的好菜和一瓶陳年葡萄酒。我相信沒有人會比我們更快樂了。我們一起開懷大笑，西爾弗也跟著默默坐在一旁。他又變回之前船上那個對所有人都溫和有禮、滿臉堆笑的廚師。

第二十九章

尾　聲

我們第二天一大早就開始工作，因為要把這一大堆黃金搬上船，得耗費不少時間和體力。島上那三名倖存的海盜倒是沒什麼好擔心的。他們大概也不想再打了。

班・岡恩負責划船運送寶藏，在小島和伊斯帕尼奧拉號之間往返，而其他人則負責將寶藏搬到海灘上。

至於我，整天
都忙著把錢幣裝
進布袋裡。
　　這些錢幣
五花八門，整
理起來很好玩。

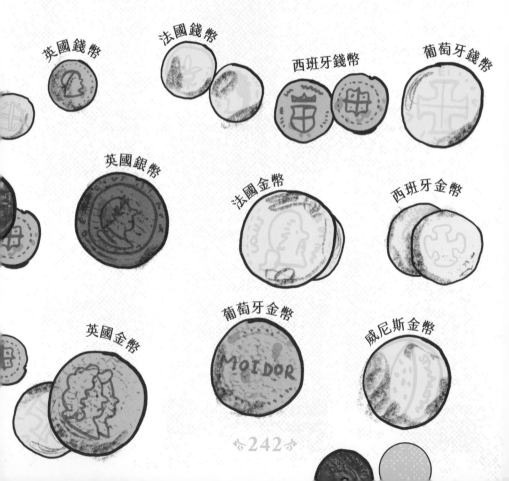

英國錢幣

法國錢幣

西班牙錢幣

葡萄牙錢幣

英國銀幣

法國金幣

西班牙金幣

英國金幣

葡萄牙金幣

MOIDOR

威尼斯金幣

錢幣上刻著過
去一百年所有歐洲
君王的頭像，

此外還有奇特的
東方錢幣，上頭雕刻
著如絲線或蜘蛛網
般的圖案。

硬幣有
圓的，

有方的，

還有中間穿
孔的，彷彿
能串起來戴
在脖子上。

那堆寶藏裡似乎有著全世界的錢
幣，數量多到像秋天的落葉。

這項工作持續了好幾天。雖然每天都會有一批財寶運上船，但隔天總還有另外一批在等著我們去搬。這段期間，那三名海盜倒是完全沒有消息。

直到第三天的夜晚，海風中傳來一陣鬼吼鬼叫，聽起來是有人在唱歌。

「是那些海盜！」醫生說，「願上帝寬恕他們。」

「他們喝醉了，先生。」西爾弗的聲音從我們身後傳來。

那是我們最後一次聽到這三名海盜的消息。我們決定把他們留在島上，班‧岡恩對此簡直高興極了。我們留給他們許多火藥、子彈、一堆醃羊肉、一些藥品和其他必需品。終於，在一個晴朗的早晨，我們拉起了船錨。

那三名海盜其實一直密切關注著我們的一舉一動，因為我們離開時，看到他們三人就跪在沙洲上，對我們高舉著雙手。

唉，
可憐的傢伙

　　大家都不忍心把他們丟在荒島上，但我們實在不能冒這個險，要是又發生叛亂就糟了。再說，帶他們回國上絞刑臺反而更殘酷。

　　過沒多久，其中一名海盜跳了起來，嘶啞的吼了一聲，舉起了長槍。咻的一聲，子彈從西爾弗的頭頂飛過，射穿了主船帆。

搞什麼啊？

嘿！

砰！

算了，我們走！

這趟尋寶之旅
就這樣結束了。

離開的快樂難以言喻。

不到中午，
金銀島上最高的岩峰

便消失在藍色海洋

的另一端，

不見蹤影。

船上的人手少得可憐，所以每個人都得出力。我們朝著最近的西班牙美洲殖民地港口航行，決定多找些水手，以免返航途中遇上什麼危險或問題。

　　日落時分，我們在一座被陸地環抱的美麗海灣下錨。親切友善的臉孔，熱帶水果的滋味，城裡的燦爛燈火，對比我們在金銀島上那段黑暗的日子，眼前一切簡直太迷人了。醫生和地主帶著我一同上岸，好好享受夜晚。歡樂的時光總是過得特別快。我們回到船上時，天都快亮了。

甲板上只有班・岡恩一個人。我們一上船，他便坦承了一切。

西爾弗逃走了。

不只如此，他並不是空手離開，還拿走了一袋錢幣，裡面大概有三、四百枚英國金幣。在他接下來漂泊的日子裡，這應該夠他用很長一段時間。

能用這麼便宜的代價擺脫他，我想大家應該都很高興。

故事結束

再見啦！

漫畫文學經典系列：金銀島

大家後來過得如何？

我們每個人都分到一份豐厚的財寶。至於這筆錢怎麼用、用得明不明智，就因人而異了。

新帽子！

地主崔洛尼先生

利佛西醫生

新玩具

我

不叫船長了！

史莫列特船長

班·岡恩

刮鬍子了！

史莫列特船長已經退休，不再航海了。班·岡恩分到了一千英鎊，但三個禮拜就花完了。他還活得好好的，每個禮拜日和宗教節慶

時，他都會到教堂唱詩歌，是個有名又很受歡迎的教會歌手。

關於西爾弗，我們再也沒聽到他的消息。我總算徹底擺脫這個可怕的獨腿海盜了。

變成「神隱約翰・西爾弗」！

長腿約翰・西爾弗

就算用牛來拖，用繩子來拉，我都不願再回到那座該死的島嶼。我這輩子做過最恐怖的噩夢，就是在夢裡聽見澎湃翻滾的巨浪拍擊著金銀島的海岸。有時我甚至會嚇得從床上坐起來，耳邊迴盪著鸚鵡「弗林特船長」尖銳的叫聲：

西班牙銀幣！

西班牙銀幣！

真實世界裡的 海盜

英國海盜威廉‧基德船長有個特別的
故事。1696年，威廉‧基德受英國政府
指派捉拿海盜。但五年後，他自己卻
成了海盜並被逮捕。

惡名昭彰的海盜「黑鬍子」
給了史蒂文生許多創作
靈感。黑鬍子本名為愛德華‧
汀奇，1680年左右生於英國
布里斯托。他性格暴虐，
令人聞風喪膽。聽說他還
曾在自己的帽子裡點燃導火線，
想讓自己看起來更嚇人。

十八世紀初期，安‧邦妮
在巴哈馬遇見綽號
「棉布傑克」的海盜傑克‧
瑞克翰，便離開她丈夫，喬裝
成男子的模樣，跑去跟海盜
一起航行七大洋，成為有史
以來最著名的女海盜之一。

鄭石氏（又稱鄭一嫂）是史上最成功的海盜之一。她的丈夫
鄭一是人稱「帝國金龍」的海盜頭子。1807年，鄭一去世，
三十二歲的鄭石氏接掌他的海盜集團「紅旗幫」，全盛時期
統領多達一千八百艘船和八萬名男女海盜。清朝政府曾多次
掃蕩紅旗幫，可是都沒成功，最後雙方簽訂和平協議。
鄭石氏底下的海盜全部獲得特赦，並保留了所有戰利品。

史蒂文生小檔案

羅伯特・路易斯・史蒂文生的中間名原為「李維斯」（Lewis），他自己改成了路易斯（Louis）。還有，從來沒有人叫他羅伯特。

《金銀島》的靈感來自史蒂文生給十二歲繼子畫的一張地圖。為了搭配那張地圖，他寫了一個海盜冒險故事。1881年，《年輕人》雜誌開始連載《金銀島》，並於1882年完結。

關於史蒂文生可能讓你很 **意外的** 小趣事

他把自己的生日送人！

一個名叫安妮・艾德的女孩剛好在聖誕節生日，她很討厭自己每年都無法過個「像樣的生日」，於是史蒂文生便把自己的生日（11月13日）送給她。

他因為丟雪球被逮捕！

史蒂文生唯一一次犯罪紀錄是參與了在愛丁堡持續兩天的「雪球大亂鬥」。

他的牙齒是木頭做的！

史蒂文生住在舊金山時，因為牙齒蛀光光，換成了木頭假牙。

他在做美乃滋時去世。

1894年12月4日，史蒂文生正在廚房做晚餐要用的美乃滋時，他問他太太自己看起來是不是「怪怪的」，然後就昏倒過世了。

他發明了睡袋！

二十多歲時，史蒂文生和他的驢子「瑪黛絲汀」在法國旅行。瑪黛絲汀背著史蒂文生的行李，其中包含一個以岩羊羊毛做內襯的睡袋。

他被葬在薩摩亞群島的小山上。

史蒂文生在玻里尼西亞買了一座很大的莊園，人生最後幾年是和家人在那裡度過。

漫畫文學經典系列：福爾摩斯與巴斯克維爾的獵犬

★ ★ ★

準備好和福爾摩斯與華生
來場懸疑又刺激的偵查之旅了嗎？
快打開書本，出發前往薄霧瀰漫的曠野
一探神祕獵犬的傳說吧！

★ ★ ★

漫畫文學經典系列：遠大前程

★ ★ ★

準備好和追夢男孩皮普
一起體驗一場精采又曲折的人生嗎？
快打開書本，跟著皮普一起思考
在每一次的人生轉折上該作出什麼選擇吧！

★ ★ ★

國家圖書館出版品預行編目資料

漫畫文學經典系列：金銀島／羅伯特.路易斯.史蒂文
生原著;傑克.諾爾(Jack Noel)改寫.繪圖;郭庭瑄譯.--
-初版二刷.--臺北市：弘雅三民，2024
　　面；　公分.--（小書芽）
　　譯自：Comic Classics: Treasure Island.
　　ISBN 978-626-307-601-3 （平裝）

873.596　　　　　　　　　　　　111004913

小書芽

漫畫文學經典系列：金銀島

原　　著	羅伯特‧路易斯‧史蒂文生
改　　寫	傑克‧諾爾
繪　　圖	傑克‧諾爾
譯　　者	郭庭瑄

創 辦 人	劉振強
發 行 人	劉仲傑
出 版 者	弘雅三民圖書股份有限公司 (成立於 1983 年)

三民網路書店
https://www.sanmin.com.tw

地　　址	臺北市復興北路 386 號　 （復北門市）　(02)2500-6600 臺北市重慶南路一段 61 號 (重南門市)　(02)2361-7511
出版日期	初版一刷 2022 年 6 月 初版二刷 2024 年 10 月
書籍編號	H859780
I S B N	978-626-307-601-3

COMIC CLASSICS: TREASURE ISLAND
Originally published in English by Farshore, an imprint of HarperCollins
Publishers Ltd. under the title: Treasure Island
Text and illustrations copyright © 2021 Jack Noel
Traditional Chinese copyright © 2022 by Honya Book Co., Ltd.
Translated under licence from HarperCollins*Publishers* Ltd.
ALL RIGHTS RESERVED

弘雅三民圖書